Coleção Karl May

1. Entre Apaches e Comanches
2. A Vingança de Winnetou
3. Um Plano Diabólico
4. O Castelo Asteca
5. Através do Oeste
6. A Última Batalha
7. A Cabeça do Diabo
8. A Morte do Herói
9. Os Filhos do Assassino
10. A Casa da Morte

ATRAVÉS
DO OESTE

Coleção Karl May

Vol. 5

Tradução
Carolina Andrade

VILLA RICA EDITORAS REUNIDAS LTDA
Belo Horizonte
Rua São Geraldo, 53 - Floresta - Cep. 30150-070 - Tel.: (31) 212-4600
Fax.: (31) 224-5151
Rio de Janeiro
Rua Benjamin Constant, 118 - Glória - Cep. 20241-150 - Tel.: 252-8327

KARL MAY

ATRAVÉS
DO OESTE

VILLA RICA
Belo Horizonte - Rio de Janeiro

2000

Direitos de Propriedade Literária adquiridos pela
VILLA RICA EDITORAS REUNIDAS LTDA
Belo Horizonte - Rio de Janeiro

Impresso no Brasil
Printed in Brazil

ÍNDICE

Prólogo	9
Um Encontro Noturno	14
Os Índios de Flecha Rápida	39
Uma Ajuda Valiosa	57
Um Caminho Fluvial	71
A Conferência Bélica	95
Uma Expedição Exploradora	101
Na Montanha da Serpente	115
A Reunião	122
O Campo de Batalha	132
A Emboscada Definitiva	145

Prólogo

Bem: para aqueles meus leitores que não tenham lido meu volume anterior intitulado O CASTELO ASTECA, acredito ser meu dever colocá-los a par de todos os acontecimentos passados antes de nos lançarmos nesta próxima aventura, ATRAVÉS DO OESTE, em perseguição do malvado que, nada menos desde o Egito, vínhamos atrás, os meus amigos e eu.

Tempos atrás, e com grande surpresa minha, estando descansando de uma das minhas viagens, na Alemanha, recebi a visita do meu grande amigo Winnetou, chefe de todas as tribos apaches. A alegria foi incalculável ao ver em minha casa, a tantos mil quilômetros de suas verdes pradarias do Oeste americano, o mais famoso dos chefes peles-vermelhas daqueles tempos.

Eu estava em companhia do jovem Franz Vogel, meu amigo íntimo desde muitos anos, e que veio a mim para buscar a solução de um problema que o afetava profundamente.

O problema de Franz Vogel era o seguinte: buscar a um primo seu chamado Small Hunter, perdido no Oriente Médio. Era preciso localizá-lo e dizer-lhe que deveria regressar aos Estados Unidos, exatamente à cidade de Nova Orleães, onde seu pai falecera e lhe deixara uma grande herança.

Small Hunter passara vários anos fora de sua casa realizando viagens pelo Oriente emcompanhia de seu amigo chamado Jonathan Melton. Este era uma pessoa sem caráter, extremamente perigoso que, valendo-se da grande semelhança que tinha com Small Hunter, planejava matá-lo e assim tomar posse da imensa herança que o pai de Small Hunter lhe deixaria após sua morte. Ajudado pelo pai Thomas Melton e seu tio Henry Melton armara todo um plano para que Small Hunter não voltasse vivo de sua viagem ao Egito.

Foram estas as circunstâncias que nos obrigaram a viajar para o Oriente Médio. Chegamos a uma conclusão muito simples: era preciso ir ao Egito para localizar Small Hunter e desmascarar a quadrilha.

Assim, Franz Vogel, regressou para junto de sua irmã Maria enquanto Winnetou e eu viajamos ao Egito. Tudo ia mal, até que um encontro afortunado no Cairo nos deu uma pista de quem tão ansiosamente procurávamos.

No hotel onde nos alojamos recebemos a visita de sir Emery Bothwell, famoso explorador inglês que já havia realizado algumas viagens comigo pela África, e que também conhecia o apache Winnetou de uma viagem ao Arizona. Contando-lhe o motivo de nossa viagem, e para nosso espanto, nos disse que conhecia pessoalmente a Small Hunter, o jovem americano que procurávamos.

Emery Bothwell, nos informou que por aqueles dias, o Small Hunter que conhecia deveria estar em Túnis. Mas não pôde assegurar, diante de nossas dúvidas, se seria o legítimo Jonathan Melton, o herdeiro, ou o impostor. Para assegurar-nos, Emery, Winnetou e eu cavalgamos pelos desertos africanos em uma comprida e acidentada perseguição, que foi devidamente contada no volume intitulado UM PLANO DIABÓLICO.

Todos os que tenham lido esta aventura sabem o que se passou: valendo-se de mil astúcias e enganos, traições, lutas e fugas, Jonathan Melton conseguiu matar a seu incauto companheiro, apoderando-se de seus documentos. Conseguindo fugir de nossas mãos no último instante. Chegara, assim, a Nova Orleães muito antes de nós, conseguindo receber a herança que não lhe pertencia.

Tudo isso foi possível graças à cumplicidade de seu pai, Thomas, e do seu tio, Henry Melton, que empregando-se no escritório do advogado Afonso Murphy, interceptou as cartas que enviamos da Inglaterra, com o objetivo de avisá-lo das intenções do impostor. Desde a Inglaterra demos o assunto por terminado ao lermos as cartas, enviadas em resposta às nossas, dizendo que os Melton já estavam sendo punidos, conforme a lei, pelo assassinato do herdeiro direto, Small Hunter.

Mas quando conseguimos chegar em Nova Orleães, a nova fraude dos Melton foi descoberta.

O advogado Murphy me recebeu e afirmou que jamais havia recebido nenhuma de minhas cartas. Acrescentando desesperado que a coisa já não teria remédio, pois já havia feito a entrega da fortuna a um Small Hunter!

Impossível, já que Small Hunter repousava em uma tumba no deserto africano. Apesar de tudo, nada podíamos fazer, oficialmente, contra aquele advogado que também havia sido enganado.

Confesso, agora, com toda sinceridade, que diante daquele novo fracasso nós três desanimamos. Não obstante, nem o chefe dos apaches, nem o famoso explorador inglês, sem falar em mim mesmo, éramos gente que abandonasse uma partida. Acostumados a mil lutas e aventuras, Winnetou e Emery me animaram a continuar a perseguição aos Melton.

Os três assassinos deveriam, cedo ou tarde, pagar por todos seus crimes.

Uma vez em Nova Orleães, nos dirigimos à casa dos Melton, supondo que nenhum dos três estivesse ali, mas encontramos uma formosa mulher, que tempos atrás Winnetou e eu havíamos conhecido: tratava-se da bela

Judith, viúva do chefe dos yuma e disposta a se casar com o jovem milionário chamado Small Hunter, que tinha recebido recentemente uma grande herança...

Isso foi o suficiente para nos dar uma pista do impostor, Jonathan Melton, já que nós sabíamos a verdade, o verdadeiro Small Hunter estava morto.

Mas eu me perguntava: sabia Judith que o Small Hunter que ela conhecia era, realmente, Jonathan Melton?

Cometi um erro ao informá-la que seu pretendente era um assassino. Judith negou veementemente, empenhando-se em afirmar que ele era o verdadeiro Small Hunter e que de qualquer forma ela não tinha nada a ver com esta suposta fraude. Mas a sua reação diante desta revelação não indicava a sua inocência. Com astúcia feminina, me deixou preso em sua casa e fugiu pela janela acompanhada por duas criadas índias.

Foi assim que começou uma nova perseguição até O CASTELO ASTECA, onde Judith se encontrou com seu futuro marido Jonathan Melton.

Com certeza, o fator mais importante do nosso triunfo se deveu ao indubitável prestígio de que gozava Winnetou por todo o Oeste, como chefe de todas as tribos apaches. Com efeito, os belicosos yumas que estavam no castelo Asteca deixaram de prestar sua ajuda aos Melton e à mulher branca, que havia sido esposa de seu chefe, ante as palavras e ameaças de Winnetou. Disse-lhes ele que nenhum escaparia com vida se se decidisse a lançar seus guerreiros apaches contra aquela fortaleza.

Foi graças a isto que Winnetou, Emery e eu pudemos entrar ali, onde com toda certeza, um exército teria fracassado. O castelo asteca era uma formidável construção de época remota, com uma sucessão de oito terraços sobrepostos e totalmente inexpugnável, por estar em um vale cercado por rochas cortadas verticalmente.

Pudemos entrar pacificamente, e capturamos Thomas Melton, libertando o jovem Franz Vogel, nosso companheiro de viagem , que havia se tornado prisioneiro, e também Judite abandonada pelos que antes eram seus fiéis servidores.

Vitória pela metade, já que, fugindo por uma galeria subterrânea que dava em uma cisterna cheia de água, o escorregadio Jonathan Melton, mais uma vez, pôde escapar, ainda que tenha deixado para trás uma boa parte do butim, que com fraude, enganos e assassinatos havia conseguido.

Ele deixava para trás, e em nossas mãos, seu pai Thomas Melton e a irritada Judith. É a partir desse momento, depois de rememorar os acontecimentos passados, que inicio a presente narração.

Um Encontro Noturno

Capítulo I

Nós sabíamos que no castelo asteca não estávamos muito seguros, apesar de havermos firmado a paz com os índios yumas e que, normalmente, uma vez que um pele-vermelha tenha fumado o *calumet e* feito promessas, quase nunca as rompe.

Mas quem poderia nos assegurar que a influência exercida por Judith sobre aqueles índios não poderia voltar? Ela havia sido a esposa de seu querido e respeitado chefe, e nós éramos somente quatro homens.

Como a nós o que interessava era encontrar Jonathan Melton, preparamos nossos cavalos e amarramos Thomas Melton sobre o seu próprio cavalo. Quando vi que Emery se dispunha a fazer o mesmo com Judith, lhe disse:

— Deixe-a ... não temos por que levar esta mulher também.

A judia me olhou com seus grandes e belos olhos negros e perguntou cinicamente:

— O que está acontecendo com o "valente" Mão-de-Ferro? Está temendo a um pobre mulher indefesa?

— Sua ironia mexe com meus nervos. Já nos enganou muitas vezes, meteu-nos em enrascadas, já tentou nos matar e nunca, em momento algum, deixou de odiar-nos. Está estranhando que não sejamos mais corteses e gentis com uma "dama" que se comporta como uma víbora?

— Você sim é que é um chacal! — gritou — Destruiu todos os meus planos!

— Quer que eu lhe recorde quais eram seus planos, Judith? — indaguei, também em tom de galhofa.

— Tenho o direito de me casar de novo!

— Ninguém lhe nega esse direito, e faça-o em boa hora.... Se algum ingênuo quiser arcar com essa desgraça!

— O que tem a dizer de mim?

— Que, apesar de sua grande beleza, e toda a sua formosura, você não é uma mulher como deveria.

— Como sou então? — disse com seu eterno sorriso irônico no lábios.

— Uma ambiciosa! Por isso não se deteve ao saber que Jonathan Melton não era o legítimo herdeiro dessa fortuna, e que ele a conseguiu assassinando o autêntico Small Hunter.

— Eu não teria porque averiguar se ele era ou não o legítimo Small Hunter.

— Mas quando o soube, quando lhe contei toda a verdade e lhe disse quem ele era, você não se afastou, ao contrário o apoiou o que pela lei já é um delito.

— Minha opinião é a mesma, deveríamos levá-la — insistiu Emery, já com as cordas para amarrar-lhe as mãos.

— Não se esqueça que temos de ir atrás daquele indivíduo e que levá-la não nos proporcionaria mais do que atrasos e desgostos — adverti ao explorador inglês.

Vi que Winnetou, pelo seu olhar, estava de acordo comigo. A opinião do jovem Franz Vogel, não contava, porque ele nunca tomava decisões, consciente de que, se era o mais interessado em tudo aquilo, também era o mais jovem, o mais inexperiente e o menos conhecedor de todas as dificuldades que teríamos de suportar ao longo do caminho.

Emery Bothwell percebeu que os índios yumas, apesar de longe, observavam os preparativos para a nossa marcha e admitiu:

— Sim, têm razão. Deixemos esta tigresa com seus antigos súditos. Mesmo crendo que eles jamais voltarão a obedecê-la.

Judith cravou seus olhos no explorador, protestando, sempre colérica:

— Obedecerão assim que partirem. Vocês os aterrorizaram com a ameaça dos guerreiros apaches. Mas eu lhes direi, que Winnetou tardaria muitos dias, até que fizesse seus guerreiros apaches chegarem até aqui!

— Não tenha tanta certeza disso! — disse, secamente, o apache.

Com um gesto de desprezo, a judia exclamou:

— Vocês pensam que sou tão ingênua a ponto de não saber que vocês vieram sozinhos aqui? Ou crêem que sou um desses estúpidos yumas?

Era inútil continuar discutindo com aquela mulher. Parecia mentira que sendo tão bonita podia guardar tanto ódio, tanta ambição e sentimentos tão mesquinhos.

A vida a havia tratado excessivamente bem: fora esposa de um grande cacique yuma, e isso lhe proporcionou muitas riquezas. Durante anos desperdiçou o ouro que seu marido lhe estava proporcionando dos secretos filões que conhecia. Houve um tempo em que o obrigou a viver com ela em São Francisco, somente para permitir-se o luxo de residir em uma grande cidade e sentir-se admirada pelos homens, como também odiada pelas mulheres.

O chefe yuma morreu na cidade californiana, esfaqueado por um rival. Judith teve culpa no ocorrido, mas desde então se sentiu livre. Jovem, bonita, rica e poderosa, passou a ser dona daquele distante castelo asteca e de todos os seus servidores. Ali tinha querido ocultar seu novo prometido, Jonhathan Melton, apesar de estar mais apaixonada pelos milhões da herança, que fraudulentamente aquele assassino havia conseguido, do que pelo próprio Jonathan.

Ela havia perdido a partida. Em todo caso, voltaria a "reinar" sobre aqueles ingênuos índios, apesar de haver perdido o seu prestígio junto a eles.

Os yumas não gostaram de saber que a antiga esposa de seu grande chefe queria casar-se novamente.

Mas isso eles resolveriam entre si. Quanto a nós, deveríamos nos afastar o quanto antes daquele enorme castelo asteca, antes que ele se tornasse uma perigosa armadilha.

Capítulo II

Teríamos que seguir o curso do Arroio Branco no sentido contrário da correnteza, para passar, antes de deixarmos aquela região, na casa da índia yuma, que dias antes nos havia ajudado.

Praticamente, ela salvara nossas vidas. Livrou-nos de uma nova armadilha e se não fosse por ela, com toda a certeza, agora eu não poderia estar relatando estas aventuras.

Assim, nos separamos do rio, tomando a direção oeste, local em que recordávamos estar a isolada casinha. Duas horas de marcha gastamos para chegar até ela.

Quando nossos cavalos pararam diante da casa, a índia cravou seus olhos negros no cavaleiro amarrado que trazíamos conosco, Thomas Melton. Piscou várias vezes, reconhecendo-o, e por fim saiu do seu mutismo para dizer:

— O filho deste cara-pálida, ontem à noite, esteve aqui.

— Jonathan Melton? — quis confirmar Emery, enquanto todos desciam de seus cavalos, menos nosso prisioneiro.

— Não sei como se chama. Mas sei que ameaçou matar-me!

— Por que? — indaguei, já adivinhando a resposta.

— Pediu-me meu cavalo e eu neguei. Então, me pegou!

Franz Vogel ficou cuidando de nossos cavalos e vigiando o prisioneiro. Este, ao ouvir a índia, gritou:

— Traidora! Você ajudou estes homens!

— Eles foram bons comigo — disse a índia cara a cara com ele — você e seu filho nada têm que ver com a mulher do nosso grande chefe que morreu.

— Judith será a esposa de meu filho! — anunciou Thomas Melton.

— Isso não agrada aos yumas!

Ao dizer isso a índia cuspiu no solo com desprezo, virando-se para não olhar o prisioneiro. Vendo que Winnetou saía de sua casa onde fora fazer uma vistoria, e, compreendendo, a índia acrescentou:

— Não os engano: este cara-pálida fugiu com meu cavalo. Nunca o esconderia em minha casa!

— Acredito em você — a tranqüilizei

— Então..., por que Winnetou vistoria a minha casa?

Nada respondeu a esta pergunta o apache, e a índia, desejando mostrar sua lealdade disse:

— Esse homem que roubou meu cavalo me encarregou de dizer à mulher branca, que chegou facilmente aqui e que vai juntar-se a ela o quanto antes.

— Não lhe disse onde? — averigüei.

— Não, mas tomou esta direção.

Mostrava o sul, direção que precisamente pensávamos tomar. Recordei, que no dia anterior, quando conseguíramos capturar o velho Thomas Melton, ele dissera que certamente seu filho fugiria até Klekie-Tse (Rochas Brancas), pois o ouvira dizer que pensava reunir-se com Bitsil-Itschel (Vento Forte), o chefe dos índios magalones.

Desde que abandonamos o castelo asteca, já haviam se passado quatro horas e, pelo que se podia calcular, Jonathan Melton estaria na nossa frente, umas dez ou doze vezes. Pensando em tudo isso, e novamente a caminho, depois de nos despedirmos da índia perguntei a Winnetou:

— Quanto tempo demoraremos para chegar a Rochas Brancas?

O apache pareceu calcular mentalmente, antes de dizer:

— Teremos que viajar umas trinta horas.

No seu cavalo, Emery Bothwell nos escutou, exclamando:

— Trinta horas a cavalo?

— E algumas a mais, Emery — adverti -. O cavalo de Melton não se compara aos nossos. Calculo que marchando umas doze horas por dia, chegaremos depois de amanhã.

Faltava outra coisa para esclarecer, e perguntei a Winnetou:

— Acredita que seremos bem recebidos por Vento Forte?

O chefe dos apaches sorriu levemente, como se recordasse tempos passados.

— Os índios magalones não apreciam muito os apaches. Geralmente são belicosos e bastantes irritáveis. Mas Winnetou nunca lhes causou danos.

— Tem um problema — adiantou-se Franz, apressando sua montaria para se juntar a nós. Jonathan Melton anunciará nossa chegada, não falando precisamente muito bem de nós.

— Isso se chegar antes — objetou Emery —. Por que há de ter tanta pressa? É possível que esteja convencido de que sua formosa aliada Judite não nos deixará escapar de sua fortaleza.

— De toda forma, o que podemos ter certeza, é de que fará todo o possível para livrar-se de nós — anunciei a meus amigos. Mas Emery pode ter um pouco de razão: é possível que Jonathan acredite que vamos ficar mais tempo no castelo. E também acredito que tentará convencer aos magalones que nos façam alguma armadilha.

— É possível — voltou a dizer Emery. Leva muito dinheiro e pode prometer-lhes muita coisa.

Procurávamos falar em voz baixa para que nosso prisioneiro, que vinha atrás, não nos escutasse.

Horas depois nos convencemos de que não poderíamos passar adiante de Jonathan. Tal como esperávamos, o cavalo de Thomas e o de Franz Vogel, começaram a dar sinais de cansaço. Não eram cavalos comanches como os nossos e, além disso, Tomás Melton se esforçava ao máximo para dificultar nossa marcha.

Realmente, teria de ser um perfeito idiota para não saber que cavalgávamos atrás de seu filho, explicando-se assim seu comportamento naquelas duras horas de constante marcha; quantos mais impedimentos conseguisse, maior a possibilidade de Jonathan Melton nos escapar.

Capítulo II

Durante todo o dia, o caminho continuou subindo até que, já anoitecendo, alcançamos a elevada planície que se estendia entre a Serra Branca e os altos montes Magalones. Ali, naquelas alturas, a vegetação era quase que inexistente, apenas de trecho em trecho, podia-se divisar alguma árvore de aspecto raquítico. Mas a terra estava coberta por um fino capim que sem saber porque, me recordava o capim que havia visto crescer no topo dos Alpes peruanos.

Talvez esta recordação veio a minha mente devido ao vento frio e penetrante que não deixava de soprar. Posso assegurar que, se cavalgasse com Emery e Winnetou somente, não teria dito que era conveniente pararmos, para assim podermos seguir avançando por toda a noite e chegar inclusive antes de Jonathan Melton.

Mas Franz era um delicado violinista, não precisamente um atleta e nem tampouco um cavaleiro experiente. Já se notava que ele estava terrivelmente cansado e fazendo constante esforço para se manter sobre a sela de seu cavalo. Cada passo do animal era um problema para ele, somente a sua coragem e força de vontade mantinham o seu corpo fraco sobre o animal.

Por outro lado, estava a surda resistência de nosso prisioneiro, que ameaçava despencar de sua sela a cada poucos metros. Talvez fosse puro fingimento, mas também, poderia ser conseqüência das dores agudas que sofria em suas nádegas, de sua idade e das cordas que o amarravam, tudo isso dificultava sua marcha.

Por fim, Franz apesar de envergonhado perguntou timidamente:

— Vamos parar durante a noite?

Era uma pergunta que ansiava por uma resposta afirmativa. Apesar de notar-se que se necessário fosse, seguiria com seus esforços, caso Winnetou, Emery e eu lhe disséssemos que seria mais aconselhável seguirmos nossa jornada noite adentro. Mas o apache compreendeu e respondeu por todos nós, dizendo:

— Sim... Se vê que meu jovem irmão já está muito cansado. Eu conheço um excelente lugar para acamparmos.

— Todos os lugares serão ruins, com este vento e este frio — grunhiu Emery.

— Trata-se de um muro de rochas — esclareceu Winnetou —. Ali o vento ficará interrompido e descansaremos bem.

— Está muito longe? — quis saber o irmão de Maria.

— A uma meia hora daqui, se não diminuirmos o passo.

Uma hora mais tarde, compreendi que Winnetou havia se equivocado, intencionalmente ao calcular o tempo. Havia dito "uma meia hora" para animar Franz, pois ao que me constava o apache muito raramente equivocava-se quando se dispunha a calcular distâncias.

Chegamos a uma colina que se elevava sobre a alta planície, para baixar suavemente por sua parte ocidental; do lado contrário estava cortada no cume, formando uma espécie de paredão gigantesco.

Ali também havia grupos de árvores e arbustos, com capim mais seco do que os que havíamos deixado para trás. Isto nos indicava que não teríamos dificuldades para conseguirmos uma fogueira. Dali a pouco, colocaríamos finalmente nossos pés em terra.

Soltamos as amarras do velho Thomas Melton, tão abatido e cansado, que dava mostras de não poder agüentar-se de pé. Foi a conta de descer do cavalo e livrá-lo das cordas que o amarravam para que suas pernas afrouxassem, ficando sentado sobre o solo, o que obrigou Emery a resmungar:

— Levante-se! Vamos acampar mais à frente.

— Pois não me movo daqui! Podem fazer de mim o que quiserem! Não faz diferença.

Parecia decidido a continuar sentado ali, olhei para Winnetou, o apache me entendeu. Aproximamo-nos e, cada um de um lado, carregamos aquele homem como se fosse um menino pequeno, e o levamos ao local escolhido anteriormente.

Logo estendemos todas as mantas, utilizando a metade delas para envolver nos cavalos, que poderiam resfriar-se com aquele vento. Pusemo-nos a recolher galhos secos para acender uma fogueira, dizendo a Franz, ao ver com que dificuldade se agachava para depois levantar-se:

— Deixe isso, Franz. Vigie nosso prisioneiro.

— Não sou um inútil — protestou o rapaz, um tanto ofendido.

— Realmente não o é e todos sabemos disso, mas tem de ser também realista. Não está acostumado a isto e nós sim.

— Sou jovem e posso...

— Pode vigiar o velho — o interrompi —. Basta que coloque um rifle nas mãos e ele se dará conta de que não poderá tentar nada.

— E se ele tentar?

— Dispare e fique em paz.

— Contra ele?

— Não homem! Dispare para o alto e nós acudiremos. Não creio que tente escapar, mas...

Minutos depois, já sentados em volta do fogo, nos pusemos a jantar. Thomas Melton recebeu uma porção de comida como todos nós, e quando terminou seu último bocado voltamos a amarrar-lhe as mãos às costas. Quando o fazia, o prisioneiro voltou a cabeça, e me perguntou com ironia:

— Teme que eu escape?

— É melhor assim. Isto lhe tirará as más idéias.

— Ou as avivará mais! — replicou com ódio —. Assim não poderei descansar!

Não estava com vontade de discutir com ele, e para acabar de vez com aquela conversa, lembrei-lhe secamente:

— Dê graças a Deus que ainda é assim, com ou sem incômodo, ainda pode descansar. Já seu irmão, sim, descansa em sono eterno.

— Queria deixar-me sem cavalo! — protestou, muito incomodado, ao também recordar a cena.

— Sim, claro, e para poder escapar você naquela luta, o matou.

Atadas aquelas mãos assassinas, regressei ao grupo junto ao fogo, no instante em que Franz perguntava:

— Posso também dormir?

— Pode, Franz — lhe disse, sentindo pena dele e do terrível cansaço que devia estar sentindo.

Mas o rapaz pareceu recordar de algo, e, sempre sustentado por sua enorme força de vontade e seu sentido de dever, olhando Emery e Winnetou, voltou a perguntar:

— Não teremos de montar vigília? Se cabe a mim o primeiro turno, eu...

— Parece-me que aqui não será necessário — opinou Emery, com vontade de estender também seu corpo cansado nas mantas que lhe couberam.

Winnetou permaneceu em silêncio, mas pelo seu gesto compreendi que não pensava assim. Ele era um índio, um autêntico pele-vermelha que jamais descuidava da vigilância de um acampamento, por mais seguro que pudesse parecer. Por isso manifestou seu pensamento em voz alta ao dizer a meus companheiros:

— O lugar parece seguro, mas nunca será demais se montarmos vigília.

Emery me olhou como que pedindo desculpas e eu acrescentei:

— Em primeiro lugar, não devemos perder de vista o prisioneiro. Também não descartem de todo a possibilidade de seu "digno" filho tentar surpreender-nos. Não digo que Jonathan Melton seja um perfeito homem do Oeste, mas não está demonstrando tampouco que seja um imbecil, mas sim, um tipo bem perigoso. Sejamos justos valorizando o nosso inimigo: ele pode pensar que tenhamos descoberto para onde se dirige e fará de tudo para que não o atrapalhemos. Se Franz e Emery estão cansados, podem dormir. Eu vigiarei.

— Winnetou, também — disse o apache.

— Nem pensar! — replicou no mesmo instante Franz —. Nós dividiremos a guarda.

Como sempre estávamos a costumados a fazer, tiramos a sorte, e a primeira guarda coube a Winnetou, a segunda a Emery, a terceira a mim, correspondendo a última a Franz. Cada guarda deveria durar uma hora e meia.

Capítulo IV

O pobre Emery teve trabalho para despertar-me quando chegou meu turno. Sacudiu-me, falando em voz baixa, para não despertar os demais:

— Acorda! Eu também tenho vontade de dormir. Levanta!

— Perdoa, amigo — me desculpei -. Estava no melhor dos sonhos.

— Sim, sim! Dormia a sono solto.

Dali a pouco já deitado sob suas mantas o ouvi roncar ligeiramente.

Coloquei mais lenha na fogueira para que não deixasse de esquentar aos outros. Logo, me afastei uns passos, para observar como estava nosso prisioneiro. O velho Thomas Melton parecia dormir placidamente, apesar da difícil posição que lhe obrigavam as amarras.

Reinava a calma em nossa volta, somente o vento, soprando às vezes sobre as nossas cabeças. Eu voltava a sentir meu corpo cansado e para não sentir a tentação do sono, em vez de me sentar pus-me a caminhar de um lado para o outro. Assim transcorreu o tempo da minha guarda e me dispus a acordar Franz.

Inclinando-me sobre o jovem chamei-o várias vezes sem nenhum resultado. No instante que iria sacudi-lo como havia Emery havia feito comigo, me detive. Deu-me pena: ele não estava acostumado ao cansaço e dormia com tamanha satisfação, que decidi fazer também o seu turno.

A fogueira queimava os últimos gravetos que havíamos colocado ali, e me afastei um pouco para recolher mais alguns. Tinha que pegar os galhos secos quase que somente pelo tato, devido à quase escuridão daquela noite fria, castigada por ventos cortantes.

De repente fiquei muito quieto.

Que teria sido aquilo?

Não era precisamente o estalo de um galho, nem nenhum dos ruídos habituais de uma noite como aquela.

Escutei com atenção, tentando pôr os cinco sentidos nas orelhas, quieto como uma estátua de pedra, com os gravetos que recolhi nos braços, disposto a lançá-los ao chão a um novo sinal de alarme. O ruído se repetiu, mas eu já estava alerta e meus instintos de defesa já funcionando.

Se não me enganava, "aquilo" havia vindo do lado direito. Caminhei lentamente com a destreza de um índio, sempre avançando, até o lugar de onde achava vir o barulho. De novo, o mesmo som se fez ouvir pela segunda vez.

Sem dúvida, era o relincho de um cavalo, quase podendo dizer o local onde se encontrava o animal. Não devia estar longe. Certamente, no brusco declive da colina, ali onde o vento não soprava forte.

Seu dono, igual a nós mesmos, havia buscado proteção contra o vento gelado que nos açoitava por toda a noite.

Mil perguntas vieram a minha mente, enquanto avançava naquela direção, empunhando meu rifle "Henry" de repetição. Quem poderia ser aquele homem? Se estivesse ali antes de chegarmos, devia ter nos visto chegar, ou pelo menos ouvido. Por que permanecia distante? O mais natural seria ter se aproximado para saber quem éramos, para sua própria segurança. E se se tratasse de vários homens?

Compreendi que meu dever como sentinela era vigiar nosso acampamento e proteger a meus companheiros.

Se meus ouvidos não houvessem me enganado, o cavalo que relinchara não poderia estar distante de nós mais que uns cinqüenta passos. Deitei-me sobre o capim e fui me arrastando, a fim de que meu vulto se tornasse o mais discreto possível na noite escura. Por fim à minha esquerda, descobri o cavalo.

Mas o animal não estava sozinho: com ele havia outro... mais outro... e outro, num total de cinco cavalos! Talvez houvesse mais, não estava conseguindo enxergar com clareza naquela escuridão.

Estavam amarrados, isso indicava que seus donos não deveriam estar muito distantes dali. Mesmo arriscando a que esses animais se espantassem e voltassem a relinchar, continuei me arrastando entre eles, para evitar assim uma volta que não teria tempo de dar. De um lado estavam os animais e de outro a muralha de rocha que servia de proteção ao declive onde nos encontrávamos. A poucos passos dali, entre duas moitas, distingui um vulto grande e disforme que jazia sobre o solo.

Aproximei-me, e pude convencer-me apesar da escuridão de que era um homem envolto em várias mantas. Onde estariam os demais?

Dei uma olhada ao meu redor e avistei uma espécie de praça onde estavam sentados os homens que eu procurava. Conversavam a meia voz, e para poder escutá-los, me escondi atrás de uma pedra, sobre a qual estavam sentados dois daqueles desconhecidos. Junto a pedra havia um espesso matagal, permitindo-me aproximar mais a cabeça e ouvir em dialeto yuma o que um deles dizia:

— Não devíamos ter esperado, e sim ter caído sobre eles imediatamente.

Naquele instante, pelo timbre da sua voz, reconheci aquele homem. Era o índio yuma em cuja casa havíamos estado descansando, livrando-nos de sua malvada intenção de nos entregar aos Melton por puro milagre. Sua esposa nos havia ajudado, mas ele, pela situação e o que eu havia escutado não desistira de nos perseguir.

Tinha diante de mim, com toda certeza, um grupo de índios yuma, aqueles que haviam firmado o acordo de paz conosco, influenciados por Winnetou, no castelo asteca.

Escutei o que o outro respondia:

— Se fizéssemos como você havia dito, teríamos cometido um engano. Nossas balas poderiam matar o cara-pálida Melton.

— Não — replicou o primeiro que havia falado —. A fogueira clareia o bastante para sabermos para onde devemos apontar, e temos que libertar este homem!

— Sim mas o faremos tal qual ordenou a mulher branca, com muita precaução, atacando quando amanhecer. Aí sim, pode se ver com segurança tudo o que fazemos.

— Não estou de acordo! — voltou a protestar o outro.

Aquele que parecia o chefe do grupo disse:

— Esses caras-pálidas são muito perigosos. Sem falarmos de Winnetou! Ou seja, devemos tomar todas as precauções possíveis.

Com certa arrogância e desprezo, a primeira voz voltou a murmurar:

— Vejo que esses estrangeiros o assustam, você lhes dá demasiada importância!

— Meu irmão não deve confundir a prudência com o medo. Deve-se lembrar da carabina de prata do chefe dos apaches e o rifle do famoso Mão-de-Ferro. Essas duas armas já demonstraram sua fina pontaria repetidas vezes. Por isso repito mais uma vez que iniciaremos o ataque ao amanhecer.

Eu teria gostado de conhecer aquele homem que falava, porque com aquela conversa demonstrava que, pelo menos naquele grupo, ele era o chefe, apesar de escutar a seus companheiros. Seguiram conversando e a mesma voz voltou a dizer:

— A mulher branca que foi esposa de nosso chefe quer presenciar a queda de seus inimigos. Pediu-nos o favor de esperar pela manhã e nós devemos obedecer, pois lhe devemos respeito.

Confesso que fiquei gelado ao reconhecer a voz de Judith, que aprovou:

— Eu lhes agradeço! Terei sempre em conta esta fidelidade.

Esforcei-me para penetrar com meus olhos a escuridão, e vi avançar a mulher até onde estavam os demais homens. Ao parar ali, virou-se para os índios, e com ênfase acrescentou:

— Quero estar presente, para me divertir vendo morrer cada um desses cães! E se me obedecerem em tudo, lhes darei uma recompensa. Para mim, o mais importante agora é terminar com isto. Tão logo o pai de meu esposo esteja livre e tenhamos terminado com seus carrascos, as cabeleiras e suas armas lhes pertencerão. Vocês sabem que só isso já é um troféu, pelo valor que têm aqueles rifles.

Deviam todos ter aprovado com as cabeças, porque ouvi um murmúrio geral de aprovação. Dali a pouco, Judith voltou a dizer:

— Terminada a partilha de todas as coisas que possuírem, partiremos para Rochas Brancas, onde nos reuniremos com meu esposo Jonathan Melton. Ele é generoso e lhes dará mais do que vocês nunca antes possuíram.

Fez uma pausa para olhar a todos que estavam a sua volta, acrescentando:

— Agora digam-me: que distância nos separa do acampamento de nossos inimigos? Podem saber devido à fogueira que acenderam.

— Uns trezentos passos, mais ou menos — respondeu aquele que deveria desempenhar o papel de espião.

— Quero rastejar até lá — disse Judith.

— É muito perigoso senhora.

— Para mim não. Sei o que tenho que fazer, para que não me ouçam! Esqueceram quem foi meu primeiro marido? Vosso antigo chefe me ensinou muitas coisas, e quando quero, sou como uma mulher índia. Vamos!

— Se Mão-de-Ferro estiver de sentinela, vai ouvir. Ele tem o ouvido muito apurado e parece que esse cachorro fareja as coisas. Winnetou é a mesma coisa: muitos dizem que dorme como as lebres, com um olho aberto e as orelhas sempre em pé.

— Pretende me assustar? Esses homens são como outros quaisquer. Eu lhe mostrarei que não são invencíveis. Basta, já chega de superstições e não tenham medo!

— Senhora... — ouvi dizer uma voz até então não escutada —. Não temermos aos homens, sim às suas armas. Principalmente a que é usada por Mão-de-Ferro, que pode matar muitos homens sem a necessidade de recarregar.

— Pois eu me aproximarei até que possa enxergá-los.

A voz que parecia ser do chefe, aconselhou novamente:

— Não se trata somente da sua segurança senhora, também da nossa. Por isso, ao menos, vai me permitir acompanhá-la.

— De acordo! siga-me!

Eu já sabia mais do que precisava e decidi que seria uma imprudência permanecer ali. Deveria me retirar com toda a pressa possível, mas sem me esquecer que eles eram índios e o menor ruído seria captado por seus ouvidos. Deslizei palmo a palmo, como se meu corpo fosse uma serpente.

Deveria continuar assim ou tudo estaria perdido. Aquela mulher estava louca. Somente pelo gosto macabro de nos ver morrer é que havia seguido junto daqueles índios selvagens. Como já havia sido esposa de um grande cacique pele-vermelha, deveria estar acostumada às longas viagens a cavalo; mas aquilo também demostrava outra coisa, o ódio enorme que guardava de nós.

Quando achei prudente, saí de dentro da moita e me pus a correr velozmente, para tomar a dianteira dos nossos inimigos que, possivelmente, ainda que em outra direção, já avançavam para nosso acampamento.

Quando calculei haver conseguido, me detive e esperei em um local onde forçosamente teriam que passar. Logo comecei a ouvir um leve ruído de ramas. Eles se aproximavam, também com muita precaução, eu me agachei, permanecendo até sem respirar, para deixá-los passar e então segui-los. Logo se encontravam a uns trinta metros de nosso acampamento.

Ao alcançar esta posição, se dividiram, para não se atrapalharem. O índio yuma deslizou com enorme cautela para a esquerda, enquanto a mulher mantinha-se à direita. O mais perigoso era o índio, eu deveria primeiramente agarrá-lo, mais tarde poderia me ocupar dela.

Segui o índio e quando avancei mais depressa fiz um pequeno ruído. Naquele instante ele se deteve e escutou. Girou a cabeça por todos os lados, e como compreendi que apesar da escuridão terminaria por descobrir-me, quando olhou para mim, saltei sobre ele como um gato sobre sua presa.

O índio yuma desabou sobre o solo pesadamente.
Bem: uma nova luta havia começado.

Capítulo V

Para não deixar que o índio voltasse a si, não tive outro remédio senão golpeá-lo novamente, e desta vez na nuca. Afastei-me dele e fui a procura da mulher.

Não era hora para se pensar naquelas coisas, mas não pude evitar dizer a mim mesmo que a discípula honrava a seu mestre. Judith havia aprendido bem as lições que lhe dera o seu primeiro marido, o chefe do yumas, porque sabia aproveitar as sombras dos arbustos com tanta habilidade como teria feito o próprio Winnetou.

Se estivesse montando guarda junto ao fogo, não notaria que ela se aproximava. Aproximou-se tanto do acampamento, que com toda segurança poderia distinguir quem estava dormindo. De trás, a vi ajoelhada, escondendo-se entre as ramas, observando o acampamento, como uma gata satisfeita.

Aquela maestria para rastejar até seu observatório, me obrigou a imitá-la. Com muita precaução, coloquei-me atrás dela, a não mais que um passo de distância, e ajoelhando-me também, pus-me a observá-la,

Judith esticava cada vez mais o pescoço, forçando a cabeça para frente, como se algo a inquietasse.

Evidentemente, achava um de menos ao contar os vultos dos que dormiam no acampamento. Também deveria estranhar que, no caso de haver guarda, o sentinela não aparecesse por ali.

Então, com um sussurro que deve ter gelado seu sangue ao me ouvir tão perto, sussurrei-lhe com certa ironia:

— Não procure por mim ali, "senhora". Estou aqui!

Quando se virou, em seu belo rosto havia tal terror e surpresa, que suas feições se contraíram. Jamais havia visto tanto terror estampado em um rosto humano. E balbuciando, exclamou:

— Oh! Você! Você!

— Sim, "querida tigresa". Não sou nenhum fantasma.

Ela ia se levantar, mas naquele instante minha mão pousou sobre um de seus ombros, e impediu que seus joelhos deixassem o solo. Com a outra mão empunhei o revólver, engatilhei a arma e sem nenhuma consideração por ser uma mulher, rudemente ordenei:

— Caminhe por onde eu lhe indicar e com cuidado! Não se esqueça que faz tempo que você faz por merecer que lhe coloque uma de minhas balas em sua bela cabecinha.
— Eu...
— Silêncio e andando! Não repito mais!

Ao ouvir minha voz, Winnetou despertou, sobressaltado, pondo-se de pé rapidamente, já empunhando seu famoso rifle de prata. Eu caminhava com Judith, em direção à fogueira que já se apagava. Ao nos ver o apache sussurrou:

— Teria meu irmão "caçado" uma pantera?
— Algo pior amigo. Isto é uma serpente venenosa!
— O que está fazendo aqui esta mulher?
— Adivinhe! Tem nos seguido com um grupo de yumas... Para matar-nos! Discutiam a forma de nos atacar ao amanhecer do dia. Um deles até queria fazê-lo agora, em plena noite.

Ao me ouvir, Judith virou velozmente a cabeça até mim.
— Como sabe disso?
— Utilizando seus próprios métodos, "princesa". Eu sim poderia tê-los matado ali mesmo! E ainda assim sobrariam balas no rifle que levava.

Ao ouvir nossas vozes, Emery e Franz também acordaram, juntando-se a nós para examinar aquela mulher, que no mesmo instante reconheceram. Apesar de distante, deitado sobre suas mantas, Thomas Melton cravou seu olhar na sua fracassada libertadora, que ainda não havia recobrado suas feições normais.

Enquanto em poucas palavras lhes explicava como havia chegado a descobrir a emboscada que nos preparavam, Emery e Franz reavivaram o fogo, esquecendo seu cansaço e sono. Winnetou não tardou a trazer o corpo do yuma que eu havia golpeado. Trouxe-o arrastado por uma de suas pernas e disse ao deixá-lo estendido ali:

— Este homem teve sorte: se fosse eu a surpreendê-lo, teria agora um punhal cravado em seu pescoço.

Judith seguia aterrorizada, possivelmente pensando que havia passado da conta e daquela vez não sairia impune de nossas mãos. Se eu havia estado espionando e escutara o que ela planejava, ver-nos todos mortos, não mereceria nenhuma piedade. O que mais lhe inspirava pavor era o hercúleo Winnetou. E ao ver que ele se aproximava, pôs-se a gritar:

— Não! Não me toque! Não deixe que esse índio ponha as mãos em mim.!

— Não tema — replicou secamente o apache, com infinito desprezo. Winnetou não deseja sujar suas mãos com você.

Emery, mirando o fogo inquietamente, propôs:

— Não seria melhor apagar o fogo? Seu brilho permitirá que os outros nos localizem.

— Suas armas são velhas e funcionam muito mal — tranqüilizei-o — ademais, ainda demorarão a chegar. Mas o que pensa de tudo isso? Que faremos com essa mulher?

— O melhor seria esmagá-la, como quem mata uma víbora — disse entre os dentes Winnetou.

Judith deve ter sentido um calafrio, e instintivamente se aproximou de mim. Naquele momento havia perdido toda a sua serenidade e sangue frio, estava realmente aterrorizada e seus belos olhos, grandes e negros, brilhavam de um modo especial na noite. Com a voz fraca, quase sem acertar as palavras, me disse:

— Permitirá que este selvagem me mate? Você é um homem civilizado!

— Às vezes, acredite, me arrependo de sê-lo.

— Mas não vai me entregar a esse índio!

— Porque não? Winnetou sabe fazer justiça a seu modo. Você o chama de selvagem, e pelo que sei, ele não quis, nunca matá-la. Pode você dizer o mesmo? Não seria justo agora que pagasse por suas vis intenções?

— Seria! — sentenciou Winnetou.

— Esta certo! — reconheceu também Emery -. Se a deixarmos outra vez em liberdade, voltará a fazer o mesmo. Você não se emenda!

Contudo, pensando bem, não poderíamos fazer outra coisa. Levar Judith conosco poderia significar uma quantidade de problemas e atrasos em nossa caminhada. Já tínhamos por infelicidade que arrastar Thomas Melton como prisioneiro.

Indiquei a meus companheiros que deveríamos levantar acampamento e colocar-nos em marcha. Então Franz nos perguntou, sem precisar a quem:

— O que faremos com os yumas?

— Cuidar deles agora seria perder um precioso tempo, que eles não valem. Quando se verem sem o seu chefe e sem essa mulher, possivelmente, regressarão ao castelo asteca.

— Afinal vamos levá-la conosco? — disse Emery.

— Cuide de amarrar bem Melton.

Eu atei as mãos de Judith à sua cintura, montei sobre meu cavalo e logo acenei a Winnetou:

— Dá-me agora a nossa estranha "amiga".

Winnetou levantou-a como se fosse uma pluma. Ela começou a gritar como se a degolassem viva, espernenado em vão para se livrar daqueles poderosos braços que possuíam músculos de aço. Quando o apache a suspendeu, coloquei-a atravessada sobre a parte dianteira de minha sela, e incitei o cavalo para que se colocasse em marcha.

Atrás de mim seguia Winnetou, puxando as rédeas do cavalo de Melton. Afastamos-nos um pouco daquela muralha de pedra que nos servira de proteção, saindo para campo aberto, onde seguia soprando forte o vento frio.

O céu se cobriu de densas nuvens, fazendo com que a escuridão se tornasse mais completa. Esta quase que total escuridão não nos afligia, porque tínhamos como guia o apache Winnetou, que possuía um sentido exato de orientação.

Emery e Franz estavam longe de adivinhar porque levávamos aquela mulher conosco, mas Winnetou, que tanto me conhecia, demonstrou mais uma vez, com facilidade, que podia ler meus pensamentos. Sabia exatamente por que eu o fizera e nada comentou.

Os Índios de Flecha Rápida

Capítulo I

Apesar da escuridão reinante, pude notar que nos desviávamos da direção que anteriormente seguíamos desde que deixaramos para trás o vale do Arroio Branco.

Quando já começava a amanhecer, tínhamos quase certeza que não havíamos sido seguidos pelo índios yumas, os quais se haviam resgatado seu chefe, só saberiam de uma coisa: que um desconhecido o havia atacado inesperadamente e que a mulher branca não havia regressado com ele, depois de haver visto nosso acampamento levantado.

Seguimos cavalgando sem descanso até alcançar a linha de um lindo e frondoso bosque. Uma vez ali, vendo que os cavalos estavam muito cansados, nos detivemos.

Coloquei Judith no chão, descendo em seguida do cavalo para afrouxar as cordas que lhe amarravam as mãos. A judia permaneceu com seus grandes olhos negros cravados no solo, sem despregar os lábios diante de minha pergunta:

— Sabe onde estamos?

Seu obstinado silêncio permanecia e tive então que perguntar mais bruscamente:

— Asseguro-lhe que me sentiria muito feliz de não lhe ter conhecido. Mas, desgraçadamente, seu comportamento nos obrigou a trazê-la conosco.

Levantou a cabeça com um ar de nobreza e resmungou:

— Trouxe-me como um fardo, sobre a cabeça de sua sela!

— Lamento, não dispúnhamos de outro cavalo para

você. Mas agora responda a minha pergunta. Sabe onde estamos?

— Não! — negou, com raiva e força.

— Estupendo! Isso é o que eu queria saber, porque vamos deixá-la aqui.

— O que está querendo?

— De momento, inutilizá-la para que não nos cause mais prejuízos.

Olhou em todas as direções, exclamando, assustada:

— Mas se me deixarem aqui, sozinha e sem armas, eu...eu...

— Não se preocupe: seus índios yumas a encontrarão. Primeiro eles explorarão o caminho dos montes Magalones, e quando se derem conta que não passamos por ali, darão a volta e mais cedo ou mais tarde a encontrarão por aqui. Espero que não seja tão louca a ponto de sair caminhando sem um rumo determinado.

Winnetou se aproximou, sério e impassível como sempre, olhando-me firmemente:

— Esse é o castigo que meu irmão Mão-de-Ferro pensa em dar a essa mulher?

— Creio que será suficiente, Winnetou: o medo de se ver só no meio desta natureza selvagem, somado ao terror de perder-se sem encontrar nada, é o que merece.

— Se depender desse índio selvagem, me cortariam as orelhas, não? — gritou a judia ao apache.

Winnetou deu meia-volta para não ter que falar com ela. Eu conhecia seus sentimentos e ao que me consta, apesar da sua atitude com aquela mulher, ele seria incapaz de tal crueldade, com ela ou qualquer outra criatura humana. Apesar de ter seus motivos para odiá-la.

Ou não seria Winnetou um autêntico pele-vermelha? Um grande chefe dos apaches acostumado a ver as maiores crueldades nas vastas pradarias. De certa forma, sua postura poderia servir para que Judith desistisse de seu intuito de matar-nos, apesar de nada termos feito a ela.

Meia hora depois, após deixar os cavalos pastarem e aproveitarmos para também comermos algo que nos servisse de desjejum, recomeçamos a marcha, deixando ali, naquele bosque solitário, uma mulher jovem e bonita mas cheia de ódio e ambição.

Seus gritos para que não a deixássemos foram inúteis, estávamos seguros de que os índios yumas que a haviam acompanhado naquela tentativa frustrada de nos matar, não tardariam a encontrá-la.

Partimos, margeando o bosque, o quanto nos foi possível mas, em determinada altura, tivemos que atravessá-lo, coisa que nos causou alguma dificuldade, porque as árvores cresciam muito juntas e às vezes, nossos cavalos não conseguiam passar por entre elas, obrigando-nos a nos desviar. Mas antes do meio-dia havíamos deixado para trás o bosque e vimos diante de nossos olhos uma extensa planície, toda coberta de verde como um enorme tapete que, vez ou outra, era salpicada por alguma colina de pequena elevação.

— É um lugar excelente para que sigam nossas pegadas — comentou Winnetou, que seguia guiando a marcha.

— Não precisaremos de cuidado: aqueles índios yumas ainda devem estar dando voltas e mais voltas para localizar aquela mulher — tranqüilizei-o.

Uma hora depois voltávamos a desmontar de nossos cavalos para que descansassem um pouco e sobretudo para que pudessem beber um pouco de água, já que estávamos sedentos. Uma vez reiniciada a marcha, avistamos um grupo de cavaleiros.

— Para trás daquelas rochas! — gritei aos meus companheiros.

Não eram muito altas e tivemos que forçar os cavalos para que se detivessem. Thomas Melton viu naquela situação, uma oportunidade de fugir, apesar de ter as pernas bem amarradas. Sua tentativa de fuga fracassou no mesmo instante. Com uma maestria sem par, Winnetou o laçou novamente como o mais perfeito dos cowboys. O prisioneiro conseguira somente se soltar da sela, permanecendo amarrado ao cavalo que quando sentiu a resistência deixou de galopar, parando rapidamente.

Minutos depois já estávamos todos escondidos atrás dos rochedos, e ali bem escondidos, pudemos observar o grupo de cavaleiros que avançava através da planície.

Eram índios, montavam magníficos cavalos e conforme avançavam pela planície, pudemos observar que não levavam rifles, revólveres nem arcos e flechas. Aparentemente, aquilo não tinha explicação, mas no mesmo instante ouvi Winnetou sussurrar, tirando-me a palavra da boca:

— Espias!

Concordei com um sinal afirmativo de cabeça, indicando que estava de acordo com ele. Eram espiões, que necessitavam estar bem montados e dispor também de inteira liberdade de movimentos e ação. Para o que eles fazem as armas são um peso desnecessário, um estorvo. Por isso geralmente, se abstêm de levá-las, somente ocultam em suas roupas os punhais, que utilizam quando se faz necessário.

Winnetou observava com toda sua atenção os quatro cavaleiros, quando anunciou:

— Não têm o rosto pintado.

— Isso é uma pena — observei eu. A pintura poderia nos indicar a que tribo pertencem.

— Podemos deixar que se aproximem. Trata-se de três guerreiros jovens e um velho. Pode ser que eu conheça o de mais idade.

Por mera precaução, com um gesto indiquei a Emery que utilizasse seu lenço para amordaçar ao mal humorado Thomas Melton. Não sabíamos no que poderia dar aquilo, e por enquanto a vantagem era nossa, já que os quatro cavaleiros não davam mostras de haverem nos visto nem localizado. Emery me compreendeu e sem dizer qualquer palavra, colocou-se atrás de nosso prisioneiro, amordaçou-o seu lenço. Thomas Melton tentou emitir alguns surdos grunhidos, mas logo desistiu de seus inúteis esforços.

Agora só teríamos que esperar.

Capítulo II

Os quatro peles vermelhas continuavam avançando, e quando pudemos distinguir claramente suas feições, Winnetou exclamou, sem o menor cuidado de abaixar o tom de sua potente voz:

— Uf! Uf! É o meu irmão Flecha Rápida!

Eu sabia que Flecha Rápida era o chefe dos índios nijoras, e isso me tranqüilizou. Mas Emery, Franz e Thomas Melton, apesar de amordaçado, davam mostras de inquietude pelo que poderia acontecer daquele encontro inesperado.

— Podemos deixar que nos vejam — nos tranqüilizou Winnetou — Não há perigo!

Foi o primeiro a avançar até os quatro cavaleiros índios. Nós o seguimos e pudemos ver que quando nos descobriram os quatro índios frearam seus cavalos, deixando-os com as patas cravadas no solo e ao mesmo tempo velozes como um raio levaram as mãos ao local onde escondiam seus punhais.

Não obstante, dali a pouco ouvimos o cavaleiro mais velho gritar:

— Winnetou! O grande chefe dos apaches!

— Jau! — saudou, amistosamente.

— Meu bom amigo e irmão Winnetou! — voltou a

repetir o índio mais velho —. A presença do chefe supremo das tribos apaches é para mim tão grata como o raio de sol o é para o doente que busca calor.

Era tradição que nosso amigo apache respondesse com o tradicional cerimonial dos peles-vermelhas, por isso o ouvimos dizer:

— E a visão de Flecha Rápida me causa a agradável sensação que causa a água para um sedento. Vejo que meu irmão deixou suas armas em seu acampamento. Por acaso está em missão de reconhecimento?

— Winnetou tem boa vista, é observador. Sim, Flecha Rápida está em reconhecimento, acompanhando estes três jovens guerreiros.

— O que está preocupando os nijoras?

— Queremos saber em que direção latem esses cachorros magalones.

Pensando mais naquilo que nos interessava, que no encontro daqueles peles-vermelhas com a diferente tribo, o apache perguntou:

— O que pode dizer-me meu irmão a respeito deles?

Flecha Rápida se dispôs a responder, mas se absteve de fazê-lo, enquanto nos olhava com declarado ar hostil e receoso. Somente após uns instantes comentou:

— Vejo que o grande chefe dos apaches viaja com caras-pálidas.

— Sim.

— E leva também um prisioneiro, bem amarrado.

— Sim.

— Como quer meu irmão Winnetou, que lhe responda diante de tantos estranhos?

— Tem razão para desconfiar, e por isso vou lhe apresentar meus irmãos brancos.

Winnetou caminhou até nós, que esperávamos uns passos atrás dele, indicando primeiro Franz Vogel anunciou:

— Este jovem branco não é nenhum guerreiro, mas é um exímio professor na arte dos sons, quando toca

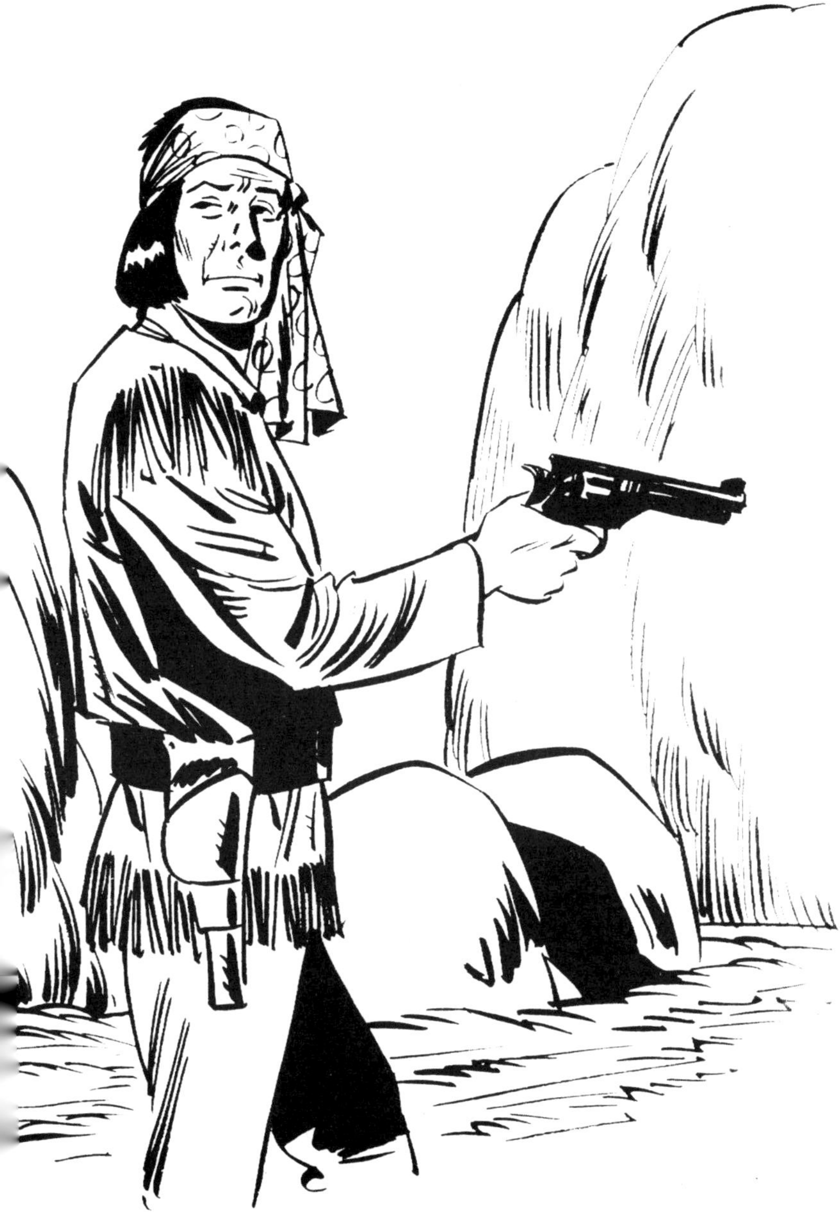

seu instrumento, que eles chamam de violino. Seu país está do outro lado do mar.

Nada respondeu o velho Flecha Rápida, e nosso amigo seguiu com a apresentação, indicando desta vez a sir Emery Bothwell, dizendo:

— Este branco sim, é um grande guerreiro, e se o vê tão forte, ainda é mais valente. Sua pátria também está do outro lado do mar e possui grandes rebanhos e muitas riquezas.

— Ele é o cacique de algum povo?

Vi que Emery sorria diante daquela pergunta, mas Winnetou respondeu:

— Não é nenhum cacique, mas em seu país pertence à nobreza.

— O que faz por aqui?

— Deixou tudo o que possui para poder realizar grandes façanhas. Caça, explora, estuda as nações que seus pés visitam...

— E o outro? — indagou o chefe nijora, mostrando-me com um sinal.

— Esse é meu irmão Mão-de-ferro!

O olhar dos quatro cavaleiros nijoras mudaram de expressão, e em seus curtidos rostos, pude ver que estavam incrédulos.

Até aquele momento eles permaneciam montados em seus cavalos, mas ao ouvir que Winnetou me chamava de Mão-de-Ferro, Flecha Rápida pulou rapidamente no chão, sendo imitado imediatamente por seus três guerreiros. Dali a pouco o vi fazer uma coisa bastante estranha que deve ter assombrado a todos.

Depois de descer do cavalo, enterrou o seu punhal em um monte de terra, sentou-se junto da arma e exclamou, cruzando solenemente os braços:

— O grande Manitu me concede um dos meus maiores desejos! Nunca tinha visto Mão-de-Ferro, apesar de ter ouvido todos os nijoras falarem muito sobre ele. Peço-lhes meus ilustres irmãos, que desçam dos seus cavalos, e me façam a honra de sentar-se junto a mim.

Assim o fizemos, e ao olhar para trás vi de relance que só uma pessoa permanecia montada, o chefe nijora acrescentou:

— Não tema por seu prisioneiro Mão-de-Ferro: meus bravos guerreiros o vigiarão bem. Não poderá escapar ainda que tenha asas!

O que poderíamos fazer senão sentarmos? Tínhamos pressa, mas aquele cacique jamais nos teria perdoado a ofensa de não fazê-lo.

Capítulo III

Sentamos-nos junto a ele, formando um pequeno círculo, cujo centro era o punhal do chefe dos nijora que permanecia cravado ali.

Lentamente, e dando cerimônia a todos os seus movimentos, o velho Flecha Rápida, sacou seu bornal, retirando de dentro dele seu *Calumet*, o encheu de tabaco índio, que eu já sabia ser péssimo. Acendeu-o, pacientemente, como se estivesse se deleitando com cada um dos movimentos. Para não me estender tanto como ele, direi que ao darmos nossa ultima tragada já podíamos nos considerar, todos ali, grandes amigos.

Somente após terminado todo esse ritual foi que o chefe dos nijoras respondeu a pergunta que anteriormente Winnetou havia feito.

— Esses cachorros dos magalones estão dispostos a atacar meu acampamento.

— Tem certeza Flecha Rápida? — perguntei.

— Temos visto que eles têm recolhido suas ervas que curam, e Mão-de-Ferro bem sabe que só fazem isso, nos dias que antecedem uma batalha.

— O que está pensando em fazer Flecha Rápida? — disse por sua vez Winnetou.
— Ainda não consultei o Conselho dos anciões.
— Meu irmão os esperará no acampamento ou estão dispostos a atacá-los antes?
— Quem decidirá tudo será o Conselho dos anciões. Venha comigo irmão Winnetou, e fale com eles. Se nos acompanhar Mão-de-Ferro, será uma honra para nós aceitarmos seus conselhos.

Suas últimas palavras ele disse evitando olhar diretamente para mim, mas mesmo assim tive que responder:
— Ficaríamos honrados em visitarmos a sua tenda, Flecha Rápida, mas antes devemos ir sem perda de tempo ao território dos magalones.

O cacique dos nijoras olhou para os dois lados, interrogando com um olhar selvagem, o apache e eu, para dizer bruscamente:
— Vai visitar os inimigos de minha tribo?

Era preciso expor a ele nossa situação, explicando-lhe a necessidade que tínhamos de encontrar a pista de Jonathan Melton, que conforme nossos cálculos, se encontrava entre os magalones. Flecha Rápida refletiu durante alguns minutos, antes de admitir entre os dentes:
— Sendo assim, isso não impede que venham conosco. Calculo que esse malvado cara-pálida que vocês perseguem, estando ele com os cães, não permitirão que o levem.
— Há uma possibilidade — insisti — a de que ele não tenha conseguido sua proteção, como pretendia Jonathan Melton.
— Nesse caso, tampouco o encontrará ali.
— Sim, porque sabemos que se encaminha para Rochas Brancas. Ele deve esperar ali por sua mulher.
— Ela já está a caminho — emendou Emery —. Talvez já amanhã mesmo se encontrem.

— Já deve ter percebido como anda escasso nosso tempo voltei a repetir, como desculpa.

— Sim, estou vendo... — o chefe dos nijoras silenciou, para dali a pouco continuar —: Meu irmão Mão-de-Ferro disse-me que esse cara-pálida abandonou o castelo asteca a cavalo?

— Não sabemos concretamente, ainda que tenha roubado o cavalo de uma mulher yuma. Mas por que motivo me faz essa pergunta?

— Porque soubemos que os cachorros magalones assaltaram uma carruagem. De um disparo mataram o cocheiro, tomando como refém um homem e uma mulher brancos. Também capturaram a um guia que cavalgava junto deles. Eles desenterraram seus machados de guerra. Quando os magalones se encontram em guerra com qualquer outra tribo, eles consideram todos seus inimigos, ainda mais os cara-pálidas.

Olhei meus companheiros de viagem e não tardei a dizer:

— Agora, mais que antes, necessitamos ir ao território dos magalones sem perda de tempo. A vida desses prisioneiros pode depender de nós. O bravo chefe dos nijoras, saberá nos perdoar se não aceitarmos seu convite.

— Flecha Rápida já é um ancião e sabe compreender — disse ele inclinando com solenidade a cabeça.

— É muito possível que Winnetou precise de sua ajuda — disse o apache.

— O chefe dos apaches pode contar com ela. Fumamos o cachimbo da paz juntos e a partir de agora, seus amigos são também nossos amigos. Se meus guerreiros puderem lhes ajudar em algo, peça-nos com toda confiança.

— Obrigado, Flecha Rápida.

— Também sei que se necessitarmos da sabedoria de Mão-de-Ferro e da coragem de Winnetou, nós os nijoras, poderemos contar com o apoio de vocês.

Acreditei ser ofensivo não mencionar Emery e o jovem Franz, que também estavam presentes. Sinalizando os meus amigos, falei ao cacique:

— Eles também se oferecem, como Winnetou e eu mesmo.

O chefe nada respondeu, mas lhes dirigiu um olhar de complacência.

Dali a pouco, esquecendo-se deles, me perguntou diretamente:

— Quem é esse prisioneiro?

— É o pai do homem que estamos perseguindo.

—É um bom refém! Ameaçando-o de morte, ele com certeza acabará dizendo onde está escondido seu filho.

Aquela era uma proposta bastante selvagem, mas não devíamos nos ofender. No mundo primitivo em que Flecha Rápida vivia as coisas, muitas vezes, se solucionavam assim. Tínhamos que compreender. Preferi ignorar seu conselho e lhe perguntei:

— Os magalones têm idéia, de que vocês conhecem seus planos de ataque aos nijoras?

— Eles sabem que os conhecemos bem. Mas esses cães crêem que ignoramos a sua intenção de nos atacar brevemente.

— Isso lhes dá vantagem. Agora queria pedir um grande favor ao cacique dos nijoras.

— Fale! — disse —. Mão-de-Ferro já é um grande amigo do meu povo.

— Trata-se de nosso prisioneiro. Ele impede nos movimentarmos com inteira liberdade, queríamos que o cacique nijora se encarregasse dele.

— Assim seja, se Mão-de-Ferro quer assim, assim será. Seu prisioneiro estará tão seguro entre os meus, como se o vigiasse com seus próprios olhos.

O cacique estava tão bem disposto conosco que me atrevi a acrescentar, mostrando a Franz Vogel:

— Nosso jovem amigo também poderia ficar com vocês. Não tem experiência e ...

— Sim, vê-se que é fraco, sem muita resistência física — entendeu rapidamente o chefe índio —. Se é o que quer, viverá debaixo do teto de minha tenda como se fosse meu próprio filho.

Franz Vogel sentindo-se um pouco humilhado, porque o estávamos deixando para trás, disse em tom de zombaria, olhando alternadamente Emery, Winnetou e a mim:

— Devo agradecer tão alta honraria de viver em sua tenda?

— Deve fazê-lo sim — o repreendi severamente —. Não se zangue porque iremos lhe deixar, nesta parte da viagem, em lugar seguro, você não está preparado para enfrentar tantos perigos.

— É assim rapaz — reforçou Emery —. Recorde-se de que prometemos a sua irmã Maria, em Albuquerque, que velaríamos por você.

— Já sou um homem e sei me cuidar sozinho!

Winnetou levantou-se e sentenciou:

— Não se fala mais nisso! O combinado permanece de pé. Hawugh!

Havia soltado sua exclamação final, todos sabíamos que quando a dizia não havia mais o direito de se questionar.

Pouco depois, todos nós nos levantávamos.

Capítulo IV

Outro que não pareceu muito conformado com as decisões tomadas foi o velho Thomas Melton, ao tomar conhecimento que ficaria sob a guarda dos índios nijoras comentou:

— Vocês façam da minha vida o que quiserem, contanto que não os veja mais, me conformo com qualquer coisa.

Quanto ao desgostoso Franz, tentei persuadi-lo de que era necessário que um de nós ficasse também com os nijoras para vigiar o velho Melton. Insisti que era arriscado confiar a guarda somente aos índios. Acredito que até o convenci que estávamos confiando a ele uma importante missão.

Em poucos minutos partimos e nossa despedida foi curta, mas alegre.

Nós três, Winnetou, Emery e eu, esporeamos nossos cavalos, e nos lançamos a galope através da planície, na mesma direção em que havíamos visto chegar os quatro nijoras. O terreno era plano e os animais voavam, batendo seus cascos sobre a pastagem fresca e verde, que se estendia diante de nossos olhos como se fosse um interminável tapete. Se mantivéssemos o mesmo passo, era de se esperar que antes da manhã seguinte chegaríamos ao término de nossa jornada.

Quando começava a anoitecer, nós três estávamos satisfeitos com a distância já percorrida. Observei que Winnetou começava a procurar um lugar agradável para montarmos nosso acampamento. Por fim dirigiu-se a uma colina a nossa esquerda que se encontrava coberta de espessa vegetação.

Homem experimentado, supunha que devido à vegetação exuberante, existiria ali um rio, ou mesmo um riacho. Pusemo-nos a procurar por água, e enquanto o fazíamos, escutamos uma voz poderosa que nos ameaçou:

— Quietos aí! Se tentarem mover-se, eu disparo!

Nós três tivemos que obedecer, ficando estáticos. Era impossível ver quem nos ameaçava e pelo tom de sua voz compreendemos que a coisa era séria. Acreditei também ter conseguido distinguir que, pela sua voz, se tratava de um homem branco.

O silêncio reinava e a mesma voz, sempre escondida, voltou a perguntar:

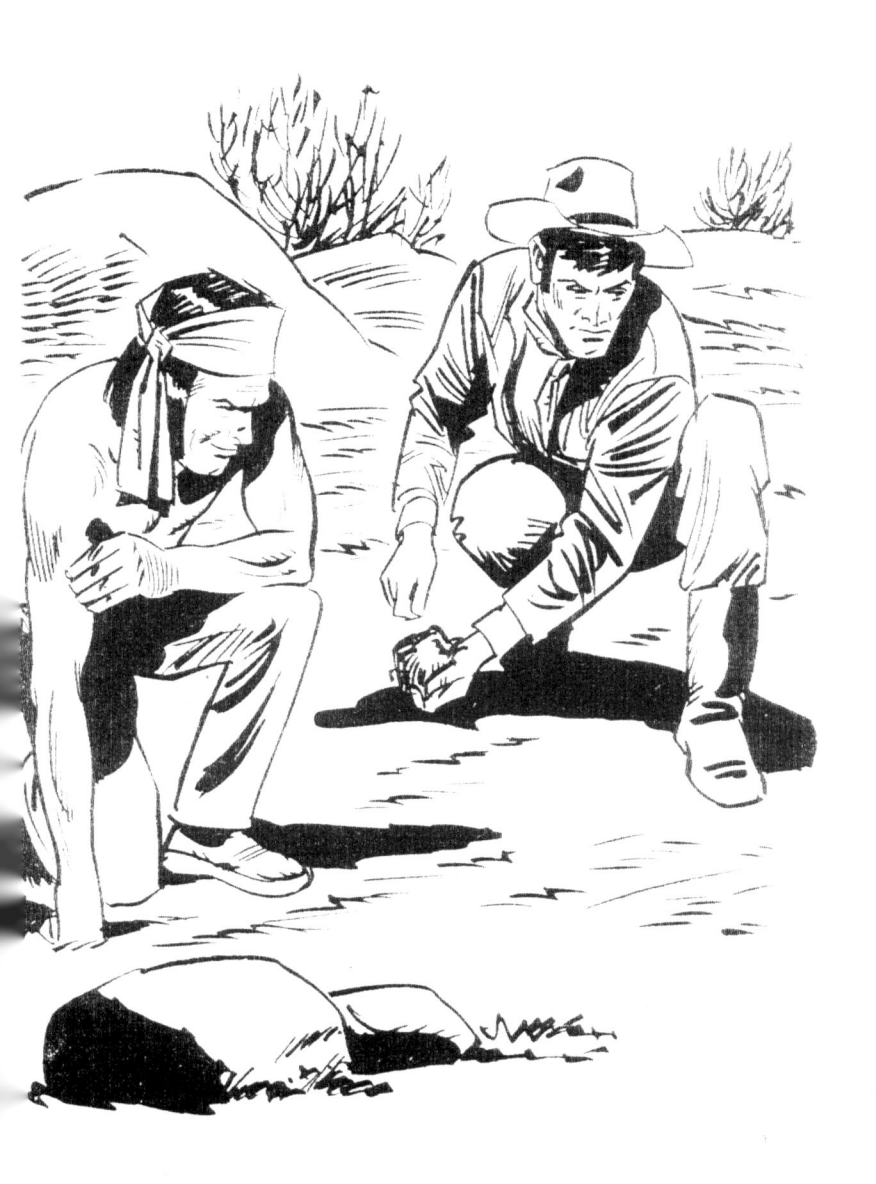

— Quem é este índio arrogante que os acompanha?

— Chama-se Winnetou — respondi eu pelo apache.

— Provavelmente você já ouviu falar do grande chefe de todas as tribos apache.

— Diabos! — exclamou aquela voz.

— Se quiser saber também o meu nome, me conhecem por Mão-de-Ferro.

— Santo Deus! — voltou a exclamar a voz — Isto sim é que é um grande encontro. Vocês são de verdade Winnetou e seu amigo Mão-de-Ferro?

— O que podemos fazer para demonstrá-lo?

— Nada, nada! — apressou-se em dizer —. Podem baixar os braços! Vou aí agora mesmo!

Os arbustos se agitaram e de trás deles saltou, por entre suas ramas, um homem alto e magro, com as roupas tão destroçadas, que a duras penas se mantinham sobre seu corpo. Não estava de chapéu, carregava um porrete que ele mesmo havia feito. Sua aparência era tão ruim que se estivesse em qualquer cidade da Europa teria sido tomado por um vagabundo.

Apesar de sua figura maltrapilha, ao chegar diante de nós, fez um gesto instintivo como se tirasse seu chapéu, para depois exclamar:

— Muito honrado, cavalheiros. Honradíssimo!

— Bem... Ameaçava-nos com esse porrete? — perguntei-lhe um tanto ou quanto perplexo.

— O que mais eu poderia fazer, se só tenho esse porrete como arma?

— Um pedaço de pau nunca poderá dar tiros — lembrou-lhe Winnetou, por ele nos haver ameaçado assim, desarmado.

— Mas vocês não sabiam, porque não podiam me ver.

— Essa era sua vantagem, mas agora que já sabe quem somos, diga-nos seu nome.

Olhou-me com seus pequenos olhos sem pestanas ao dizer:

— Se é realmente Mão-de-Ferro, o famosíssimo explorador e companheiro de Winnetou em mil aventuras, forçosamente terá que conhecer meu nome. Estou certo que os dois já ouviram falar de mim.

— Admito — respondi —. Mas solte-o já de uma vez!

Com orgulho, desamassando o mais que podia aqueles farrapos, mesmo que ridiculamente, se apresentou:

— Sou Will Dunker!

— Will Dunker? — repeti —. O explorador do general Grant?

— Eu mesmo, sim senhor!

— É verdadeiramente Will Dunker?

— Sim, já disse! Apesar de alguns também me chamarem o Comprido Will, como vocês preferirem.

— Está sozinho aqui?

— Mais sozinho que uma alma penada.

— E este aí quem é? — quis saber o curioso Emery, que não havia sido apresentado ao extravagante personagem.

— Já, já contarei. Antes de tudo o que quero dizer é que desejava encontrá-los o quanto antes.

— Encontrar-nos? — voltei a repetir, não conseguindo sair do meu assombro

— Sim, a você, a Winnetou e um jovem que creio se chamar Vogel.

Olhou Emery e acrescentou:

— Não é ele? É?

— Não, não é. Este se chama sir Emery Bothwell, é um famoso explorador e grande amigo nosso — lhe esclareci.

O estranho personagem voltou a repetir seu gesto mecânico como se retirasse o chapéu, inexistente, saudando Emery.

— Encantado, sir.

— O mesmo digo eu — sorriu o inglês.

— Se tiverem a bondade de descer de seus cavalos e seguirem-me, os levarei à margem da água. Não estavam procurando por isso?

Assim o fizemos, e enquanto o seguíamos, insisti para saber o que estava acontecendo.

— Era de se esperar que um famoso explorador como o Sr. deveria ter armas. O que aconteceu com as suas?

— Ah! Sim, eu as tinha, amigo! Mas estes malditos índios magalones as roubaram.

— Eles o atacaram?

— Sim senhor, em uma carruagem com quatro cavalos.

Recordei do que havia me contado Flecha Rápida e para confirmar perguntei:

— Você era o guia e o cocheiro foi assassinado?

— Isso mesmo! Como você sabe?

— Diga-nos antes, quem era a mulher que estava dentro da carruagem?

— Você está me fazendo muitas perguntas, Mão-de-Ferro! — protestou —. Não querem chegar antes onde está a água?

Decidimos segui-lo sem fazer momentaneamente mais perguntas.

Uma Ajuda Valiosa

Capítulo I

Era aquele um estranho personagem, do qual havia ouvido falar muito, ainda que fosse aquela a primeira vez que o via e, ao que parece, com ele ocorria o mesmo comigo.

Escondeu nossos cavalos entre os arbustos, para nos levar diante de um fresco e limpo manancial que brotava do solo entre as rochas. Era água limpa e fria, água pura e cristalina como só se pode encontrar em lugares tão selvagens e distantes como aquele, onde a mãe natureza mostra toda a sua força. Próximo daquela nascente, achava-se um magnífico cavalo de raça, com arreio índio.

— Este cavalo é seu, Sr. Dunker? — perguntei-lhe.

— Digamos que, por hora, sim — respondeu, algo ambiguamente.

Bebemos daquela água para matar nossa sede, e ao levantarmos, ele acrescentou:

— Está bem, lhes direi tudo. Tomei "emprestado" do famoso Vento Forte, aquele mal humorado chefe dos magalones. Conhecem a este vagabundo?

— Jamais ouvi dizer que Will Dunker fosse ladrão de cavalos. — Comentei com a intenção de saber mais.

Prontamente, olhando-me com certa frieza, aprumando-se em de toda a sua altura, replicou muito alterado:

— Isto é que não sou! Posso assegurar-lhe o contrário. Julgue o Senhor mesmo: esses malditos índios me roubaram tudo, menos a minha cabeleira. Na luta, porque os bandidos queriam me apanhar vivo, vocês podem ver como ficaram as minhas roupas. E eu, em troca, apanhei este cavalo.

— A aventura parece interessante — interveio Emery —. Pode contá-la para nós?

— Com prazer, cavaleiros; mas antes necessito algo urgentemente.

— Comer? — indaguei, disposto a satisfazer o apetite do homem.

— Não. Algo mais importante. Uma arma! Sem elas parece que me sinto nu.

— Bastará a você, por hora, este revólver? — Disse-lhe, estendendo-lhe um dos meus.

Pegou-o, examinando-o com olhos espertos e críticos durante alguns minutos, para então exclamar, ao descobrir a marca:

— Sim, bastará. É bastante bom... Outra coisa, cavaleiros: não poderiam dar-me algo para comer? Qualquer coisa serve, um pedaço de carne ou..., melhor ainda, uns quatro ou cinco pedaços seriam melhor; digo, se for possível.

Entregamos a ele um pedaço de carne que, apesar de já estar seca, deveria estar pesando bem uns dois quilos. Mas, com uma facilidade extraordinária, o fez desaparecer em poucos minutos, dando-nos uma mostra da fome que deveria estar passando aquele homem alto e desnudo. Uma vez consumida a carne, inclinou-se para beber água da nascente.

— Essa carne me caiu dos céus! Foi uma sorte sim senhores. Uma grandíssima sorte ter encontrado os senhores! Estou falando não somente por mim, falo também pelos outros prisioneiros.

— De que prisioneiros está falando? — falou Winnetou quebrando seu silêncio.

— Quem são? Agora mesmo vocês saberão. Mas permitam-me lembrar que quando se começa uma história tem de se fazer desde o princípio ou corre-se o risco de não entendê-la. Compreendem?

Estive a ponto de lhe dizer que isto já estava acontecendo conosco. Ele parava, fazia comentários, gesticulava e nos mantinha presos a sua "história", que na verdade, tínhamos que ir adivinhando. Parecia que, daquela vez, ele estava disposto a seguir uma ordem, quando acrescentou gesticulando com suas mãos compridas, grandes e ossudas:

— Tudo deve ter uma ordem, senhores. Sendo assim lhes direi que no meu caso, eu estava no forte Bennar saboreando um bom copo de licor de menta, quando parou na porta uma carruagem com quatro magníficos cavalos. Da carruagem desceu um homem desses que a uma milha de distância já se percebe ser um cavalheiro, ou pelo menos aparenta ser. Sentou-se em uma mesa próxima, com um ar tão perplexo como quem não sabe o que deve pedir nem beber. Eu, o mais amavelmente que pude, lhe aconselhei que bebesse também um bom copo de licor de menta. Ele correspondeu a minha gentileza convidando-me a sentar com ele em sua mesa para que bebêssemos juntos, e assim, conversa para lá conversa para cá, licor e mais licor, bebemos uns tantos copos quando, finalmente, me perguntou quem era eu.

Winnetou me olhou e eu logo compreendi que sua impaciência aumentava. Will Dunker podia ser um famoso guia e excelente explorador, mas também era um falastrão que gostava de ouvir a si mesmo, explicando "histórias". Mas não podíamos fazer outra coisa senão seguir escutando sua narração. Neste instante ele acrescentou:

— Naturalmente, sem nenhum problema, segui falando de minha pessoa. Então, aquele desconhecido me garantiu que eu era a pessoa que estava procurando. Um bom guia esperto o bastante para irmos até Novo México e percorrer mais alguns territórios.

Nova pausa, antes de nos explicar, olhando alternadamente para nós três:

— Aquele homem parecia ter pressa de chegar a São Francisco, e eu me ofereci como um guia esperto que o deixaria satisfeito. Trocamos os cavalos e uma hora mais tarde já estávamos a caminho.

— Como você mesmo nos disse, toda história tem de ter uma ordem — lhe disse — Quem era esse senhor?

— Disse-me que se chamava Afonso Murphy.

Winnetou, Emery e eu trocamos olhares, ele que nos observava perguntou:

— Conhecem esse senhor? Ele me disse que era advogado e seu escritório era em Nova Orleães.

— Prossiga com a história, por favor, senhor Dunker — insisti.

— Antes digam-me se conhecem a esse cavaleiro.

— Sim, isto é uma coincidência. Você sabia o que ele queria fazer em São Francisco?

— Sim, eu escutei quando ele conversava com a senhora.

— Quem era essa senhora? Não seja tão vagaroso por favor!

— Alto lá, amigo! — recomendou-me com um dos seus exagerados gestos — . Não se exalte, senão não chegaremos ao final.

— Como não chegaremos nunca se você continuar parando tantas vezes — protestei.

— Chegaremos, mas sem brigarmos, amigo. Em Albuquerque tivemos que parar um dia inteiro porque a carruagem necessitava de um reparo urgente. Quando estávamos comendo em um local, ouvimos falarem de um concerto dado por um violinista e uma cantora, ambos alemães.

— Pule esses detalhes. Sabemos que o irmão se chamava Franz Vogel e sua irmã Maria, senhora Werner por estar casada.

— Por cem mil búfalos! — exclamou Will Dunker — Este Mão-de-Ferro parece saber ou adivinhar tudo!

— Siga por favor — insistiu Emery daquela vez.

— Bem. Acabara de ouvir aqueles nomes, quando saiu em disparada como um foguete. O caso é que no outro dia, quando a carruagem já estava consertada, a mesmíssima senhora Werner tomou também assento na carruagem e partiu conosco.

— Que direção tomaram?

— O caminho usual, por São José. Cruzando a Sierra Madre, chegamos a Colorado, onde pegamos a estrada de Cerbat. A senhora Werner, de imediato se pôs a falar de seu irmão, o violinista, que ao que parece se encontrava naquela região, segundo ela disse, acompanhado de Mão-de-Ferro, Winnetou e um gracioso e aristocrático inglês com título de sir.

Repetindo o já usual gesto de Will Dunker, o de tirar um chapéu que não possuía, sir Emery Bothwell se inclinou diante do perplexo guia, apresentando-se:

— Ao seu dispor, amigo.

Não sei se Will Dunker captou ou não o tom ligeiramente de deboche de nosso companheiro, mas o certo é que devolveu a saudação também muito polidamente dizendo:

— Encantado, sir... e me perdoe isso de gracioso. A senhora não o disse.

— Eu já sabia. Foi um simples comentário seu, que tem, a meu ver, a imaginação e a língua frouxa.

Will pareceu esquecer-se do inglês e com o mesmo tom de voz, continuou o seu relato.

— Pelo que os dois falavam, pude perceber claramente que alguém havia cometido uma enorme fraude de muitos milhões... os prejudicados eram aquela senhora e seu irmão o violinista, sendo os ladrões três vigaristas de renome chamados...

— Melton — disse, para acelerar o relato.

— Isso! Isso mesmo! disseram que se chamavam Melton... Bem, pois o que entendi era que Winnetou, você e este inglês haviam partido atrás dos bandidos, que pelo visto tinham como esconderijo um longínquo castelo, junto a um dos muitos afluentes do pequeno Colorado.

— Junto do Arroio Branco — voltei a indicar.

— Creio que sim. A senhora também quis ir com os perseguidores mas o advogado não consentiu. Resultado, trocamos a rota, o senhor me pediu que os levasse aos montes Magalones.

— Isso foi uma imprudência — disse Winnetou.

— Sou também dessa opinião, ainda por cima levando Maria Vogel com ele — afirmou Emery.

— Afonso Murphy talvez não soubesse que não havia caminho para carruagens. — tentei justificar.

— De toda forma, não deveria ter aceito essa responsabilidade — voltou a dizer Emery.

Ficamos em silêncio e o extravagante personagem esclareceu:

— Saibam que a senhora era tão obstinada que não tivemos outro remédio senão obedecê-la. Digo-lhes que não houve forma de dissuadi-la! Bastou que tivéssemos saído da estrada para começarem as dificuldades com a carruagem. De repente tínhamos que atravessar um barranco profundo ou surgia, como um passe de mágica, uma montanha diante de nós. A carruagem ameaçava despedaçar-se e creiam-me eu também sentia o mesmo. Foi ontem, em uma dessas situações difíceis, que fomos atacados pelo índios magalones.

— Eram muitos? — quis saber Winnetou.

— Muitos?... Eram uns cem demônios contra eu sozinho! Digo sozinho, porque ao primeiro disparo o cocheiro caiu morto, com uma boa dose de chumbo. O homem era muito cavalheiro e entendia muito de leis, mas de manejar uma arma não entendia nada!

Ele fez uma breve pausa, o que nos deu tempo para refletir sobre o que havia se passado, até que continuou:

— Antes que pudesse disparar meu rifle, me vi cercado de todos os lados por uns vinte índios. Claro que me defendi como pude, lutei com todas as minhas energias, blasfemei como um diabo. Mas de nada me valeu! Foi quando os mais selvagens rasgaram as minhas roupas, deixando-me neste estado. Também me cobriram de golpes, machucando todo o meu corpo. Por fim fui amarrado e conduzido como um fardo a esse delicioso lugar que se chama Rochas Brancas.

— E os outros, a mulher e o advogado?

— Eles os trataram melhor do que a mim, porque praticamente não ofereceram resistência. Os dois ficaram ali. Já estiveram alguma vez em Rochas Brancas?

— Não — eu informei.

— Bem, pois parece uma montanha não muito elevada. Uma vez que se está em cima e olha-se para baixo, vê-se como um castelo redondo. Tem janelas, escadas, colunas e torrezinhas. Tudo branco como se fosse alabastro. Eu diria que algum genial arquiteto projetou aquela construção, sendo na verdade tudo aquilo, obra da natureza. Uma enorme rocha calcária trabalhada pelas chuvas de séculos e séculos, que foram esculpindo a montanha. Em volta desse fantástico castelo branco, corre um riacho, uma das margens toca as rochas, enquanto na outra se encontra uma exuberante vegetação. Passada a montanha que estou falado se estende uma grande planície onde os índios magalones têm suas tendas.

— Você acredita que estejam se preparando para a guerra? — disse.

— Não, porque ali vivem com suas mulheres, os velhos e as crianças.

Emery, tão correto como sempre, lhe ofereceu um de seus cigarros, Will Dunker aceitou, agradecendo-lhe o gesto.

Capítulo II

O guia terminou de fumar e vendo-nos perplexos, repetiu:

— Porque vocês estão estranhando que os índios não estejam em um acampamento de guerra?

— Porque encontramos uns índios nijoras que nos disseram saber que os magalones pensavam em atacá-los.

— Continue contando o que se passou — incitou Emery

— Bem... Repito que fomos levados a um lugar maravilhoso, pena estarmos amarrados e em poder daqueles selvagens. O advogado estava como um louco de raiva, pelo que eu vi tremia como uma velha.

— Como se comportou a senhora? — me interessei em saber.

— Ah, bem melhor que o homem! Eu a vi tranqüila, sem perder a compostura nem por um instante. Isso agrada muito aos índios, que sempre admiram a dignidade. É possível que a acalmasse pensar em vocês, já que segundo ela, quando vocês soubessem o que havia ocorrido, correriam a libertá-los.

— Assim o faremos — afirmou Winnetou.

— Ao chegar a noite nos separaram. Eu fui levado a uma tenda, ficando sob o olhar de um rapaz enorme mais parecido com uma montanha. O mesmo fizeram com o advogado, enquanto a senhora era conduzida a outra tenda. Pude ver que haviam lhe retirado as amarras. É possível que com os seus belos olhos tenha conquistado o coração de pedra do chefe dos magalones. Eles ficaram desorientados com seu olhar...

— Eu acredito! — disse naquele instante Emery.

— Não duvide sir, é muito capaz de fazer perder a cabeça do homem mais sensato. A mim mesmo...

Naquele momento ao olhar nossos rostos, se deu conta que falara demais, e continuou sem mais comentários:

— Esta manhã nos retiraram da tendas, eu e o outro prisioneiro, para nos levar diante do seu chefe. Ele queria nos fazer várias perguntas. Fizeram-nos sentar um ao lado do outro, virados de frente para o mais célebre dos guerreiros magalones. Quando começou o interrogatório, tivemos a sorte de aparecer um cavaleiro que pedia para ver urgentemente o cacique.

— Quem era? — perguntamos, quase ao mesmo tempo, Emery e eu.

— Um homem branco. Quando o advogado o reconheceu, sem fazer caso dos índios, tomado por um acesso de fúria, levantou-se e começou a insultá-lo.

— Como ele o chamou?

— Não me recordo exatamente. Ah sim! Creio que Jonathan... Jonathan Me...

— Jonathan Melton! — ajudei-o a recordar.

— Sim, tem razão, Mão-de-Ferro. É isso: chamou-o de Jonathan Melton.

— O que fez o recém-chegado?

— A princípio, pelo visto, não parecia esperar encontrar ali o advogado, estava assombrado e desgostoso com aquele encontro. Mas não querendo dar muita importância ao fato afastou-se juntamente com o cacique, para uma conversa longa e amistosa.

— Não puderam ouvir de que assunto tratavam?

— Nem uma só palavra! Já lhes disse que eles se afastaram de nós. Mas posso assegurar que ele estava vindo de muito longe. Falo isso porque tanto ele quanto seu cavalo estavam em péssimo estado, cansados e empoeirados.

— Como o cacique dos magalones o recebeu?

— Teve também duas reações. Primeiro não dava mostra de muita satisfação, mas quando terminou a conversa, o velho Vento Forte pareceu alegre e fumou com ele o cachimbo da paz. Não sei... mas acho que esse branco lhe fez alguma promessa. Ele levava consigo, debaixo do braço, uma grande carteira que não soltou um só instante.

— Uma carteira?

— Sim, de couro preto, presa por uma correia amarrada a seu pulso. Depois pude ver que os índios o colocaram em uma das melhores tendas.

— Espero que você se recorde onde está situada esta tenda no acampamento dos magalones.

Algo ofendido, Will Dunker me disse:

— Não sou homem que não grava em sua memória estes detalhes. Sou guia e explorador famoso Mão-de-Ferro!

— Perdoe-me, senhor Dunker. Diga-me, onde está situada a tenda que destinaram a Jonathan Melton?

— Está junto da qual mais tarde fui conduzido. Pude ver que se dirigiram para ela quando se desviou um pouco para zombar do irritado advogado. Ele lhe disse, entre outras coisas, que quando os índios magalones regressassem de sua expedição guerreira, nos fariam morrer no poste dos tormentos.

— Pelo que este homem falou, podemos deduzir que é certo os magalones estarem preparando uma expedição guerreira contra os nijoras.

— Não querem que termine? Contarei como consegui os enganar e fugir.

— Oh, sim, como não, continue! — o animei.

Olhou novamente de forma significativa a Emery, este lhe deu outro de seus cigarros.

Logo mais, atrás da fumaça azulada do cigarro, seguiu falando:

Capítulo III

— Já lhes disse que este Jonathan Melton chegou justamente quando iam começar o nosso interrogatório. Como ele permaneceu falando com o chefe por um longo tempo, os índios pareceram se esquecer um pouco de nós. Eles estavam mais interessados no que falava seu chefe com aquele cara-pálida recém-chegado, sua vigilância estava relativamente escassa. Tínhamos as mãos atadas, mas os pés estavam livres. Tentei livrar-me das cordas, mas era impossível. Pensando em como faria, avistei um pote com água que estava em minha tenda, e com muito cuidado e discrição, molhei as cordas, que se tornaram mais suaves e frouxas. São pequenos truques, vocês sabem!

Lançou uma tragada de fumo ao vento e continuou:

— Em uma palavra: poderia soltar as mãos quando quisesse, mas esperaria a ocasião mais propícia para tentar fugir com mais segurança. Quando percebi que o chefe não poderia ocupar-se conosco por estar conversando com aquele sujeito disse para mim mesmo: " Will... Esta é a sua hora!". Compreendem?

— Fez muito bem — disse entusiasmado.

— Por fim: ao lado do chefe estava este magnífico cavalo que vocês vêem aqui, veloz como um raio, soltei as mãos, corri, dei um formidável salto e saí a todo galope.

— Não te seguiram?

— Claro, mas num primeiro momento os índios ficaram tão confusos e surpreendidos que quando começaram a raciocinar eu já me afastara. Tive a sorte de passar pelos sentinelas, confundindo-os com meu veloz cavalo. Continuei em disparada castigando o animal com várias esporeadas, isso sim... demonstrou ser tão veloz como o vento!

Com certo receio Winnetou pôs a olhar para todos os lados e disse:

— Ainda podem estar lhe procurando. Este lugar não é muito seguro.

— Não tema Winnetou, Will Dunker sempre sabe o que faz. Quando me senti livre, ainda que sem armas, minhas forças redobraram e me senti realmente forte. Posso assegurar-lhes que consegui os enganar, apaguei minhas pegadas, meu rastro. Sempre tomo minhas precauções. E aqui estou eu, fumando bem tranqüilo, junto a esta fresca nascente!

Apagou a ponta do segundo cigarro consumido, abriu bem os braços, e voltou a exclamar:

— Pronto, já sabem tudo!

— Tudo, menos uma coisa — disse — Porque quando nos viu, ameaçou de encher-nos de chumbo?

— Bem... quando os vi chegar, pensei que poderia comer um pouco e apoderar-me de algumas de suas armas. Mas vocês já puderam ver que só tinha um inútil porrete.

— Mas poderia ter se apoderado de nossas coisas com isso.

— Oh, não acredite nisso! Se alguém lhes ameaça com um pedaço de pau, o que vocês fariam? Levantariam os braços e obedeceriam a tudo? Sabem que não, teriam sacado suas armas e então eu...

— Não esteja tão certo disso — neguei.

Winnetou, mais prático do que eu perguntou:

— Quanto tempo Will você necessitou para se esconder aqui?

— Sem contar o tempo que gastei dando voltas, umas três horas.

— Tenho certeza que eles não desistiram de lhe procurar — disse.

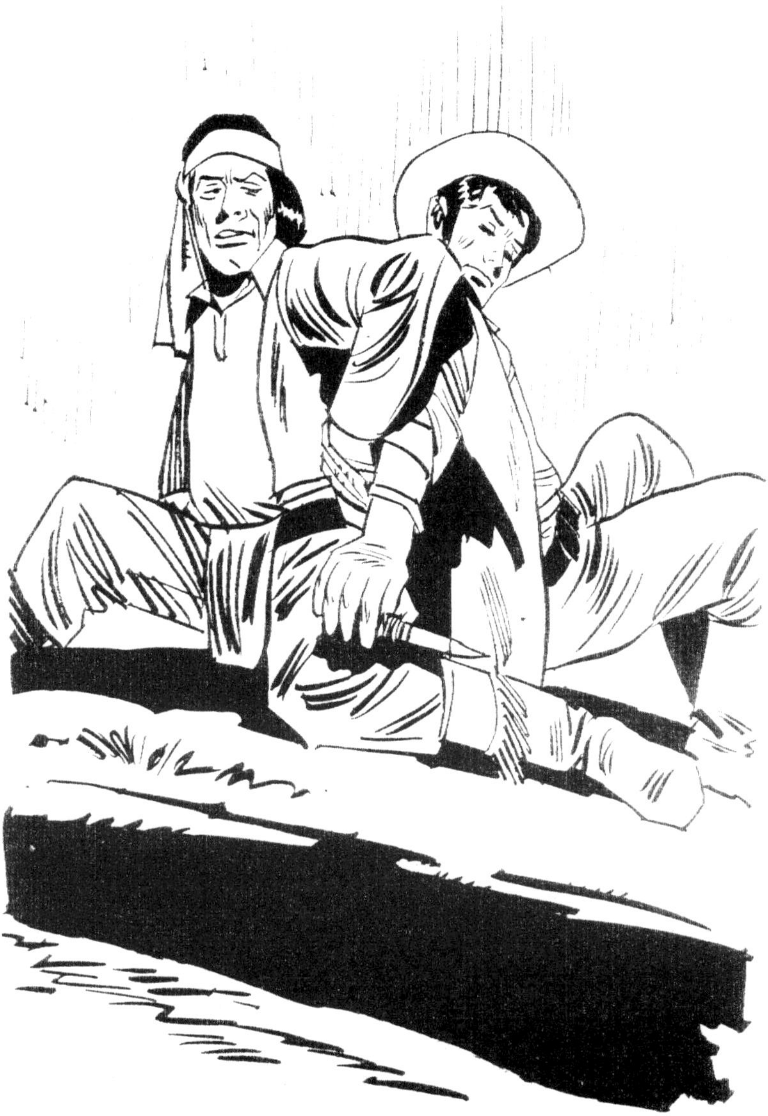

— Não acredito. Porque eles se importariam tanto com minha humilde pessoa?

— Ainda que você não tenha muita importância, este cavalo que você trouxe consigo é muito importante para o chefe dos magalones. Eles não medirão esforços para recuperá-lo.

— Isto realmente é uma verdade! Não havia me dado conta deste fato! — exclamou ele.

— Mesmo que você diga que apagou seu rastro, trata-se de índios. Não se esqueça.

— Bah! Will Dunker já enganou índios em muitas ocasiões.

Winnetou se levantou, afirmando muito sério:

— A mim não enganaria.

Todos seguimos o exemplo do apache e nos colocamos de pé. Dávamos por certo que Will Dunker se uniria a nós mas ele próprio confirmou a suspeita dizendo:

— Espero que aceitem a minha companhia. Quem sabe posso ser útil em algo...

— Pode ser-nos muito útil, porque vamos a Rochas Brancas — anunciei.

— Por todos os demônios! Vão meter-se na boca do lobo?

Para lhe dar ânimo, instiguei-o exclamando:

— Não me digam que Will Dunker está com medo!

— Não... Não... Medo não. Como podem pensar tal coisa, vamos não percamos mais tempo!

Montamos em nossos cavalos e colocando-se à frente do grupo Winnetou nos disse:

— Em duas horas estaremos em Rochas Brancas.

Nossa jornada atrás de Jonathan Melton continuava.

Um Caminho Fluvial

Capítulo I

A última claridade do dia se dissipava ao longe no horizonte. O céu se cobriu em poucos instantes de nuvens, negras e enormes. Não tardou a reinar a mais completa escuridão, mas isso não nos preocupava, pois levávamos conosco dois excelentes guias: o apache Winnetou e o nosso novo companheiro Will Dunker.

Antes de completarmos duas horas de marcha, o apache deteve o seu cavalo. Todos o imitamos. Ele estendeu o braço e anunciou:

— Aqui está a montanha que parece trabalhada por um arquiteto, como disse Will Dunker.

A nossa frente, a pouca distancia, podíamos distinguir uma enorme elevação escura.

— Quando se está em cima pode-se ver as Rochas Brancas que estão situadas na parte baixa — esclareceu o alto e magro explorador.

— O que quer dizer — refleti eu — que esta domina aquela. Não me surpreenderia que os magalones tenham por aqui um posto avançado com sentinelas.

— Meu irmão disse bem. Winnetou irá explorar sozinho, subirá até o alto e já comunicará o que encontrar.

Vimos o apache partir e tivemos que permanecer ali, no mais absoluto silêncio durante duas horas. Passado esse tempo, Winnetou regressou e nos disse:

— Mão-de-Ferro tinha razão, há um duplo posto de sentinela. Podemos subir, mas sem cavalos.

Emery ficou encarregado de cuidar dos cavalos, e seguindo Winnetou e Will Dunker começamos a subir a montanha. Os sentinelas haviam acendido uma pequena fogueira e isto nos permitia distinguir suas silhuetas desde longe.

Como eram tão pouco precavidos? Estariam se sentindo muito seguros? Não estavam preparando uma campanha contra outra tribo?

Quando por fim chegamos ao topo pudemos avistar seu acampamento. Naturalmente, naquela hora e naquela escuridão não conseguíamos distinguir as Rochas Brancas, já que a noite as transformava em manchas negras. Mas numerosas fogueiras ardiam no acampamento dos magalones, iluminando com suas chamas trêmulas e imprecisas o contorno das tendas.

— O que lhe parece? — sussurrou Will Dunker —. Já chegamos!

Winnetou nada respondeu. Estava atento ao estudo daquele acampamento, absorvendo todos os detalhes possíveis. Eu imitei seu silêncio, mas o explorador de temperamento falante e inquieto insistiu:

— Que vamos fazer agora?

— Observe que não podemos distinguir bem as tendas — respondi também no mesmo tom baixo de voz. Seria outra coisa se houvesse a luz da lua, aí sim poderíamos diferenciá-las entre si. Nessas condições sim, poderíamos tentar algo.

— Já lhes disse que esse acampamento está rodeado de sentinelas. Como vamos conseguir entrar? Seria muito arriscado!

— Nem tanto: a natureza nos oferece um caminho. Não partirei sem tentar falar com Maria Vogel. Diga-nos que tipo de tendas são as que formam esse acampamento? São de inverno ou de verão?

— São de verão — assegurei bem.

— Isso quer dizer que são de lona. São presas somente com cavilhas, as quais podem-se tirar. As tendas de inverno se montam de forma muito diferente. As que nos importam... Estão perto do rio?
— Sim, estão junto dele.
— Bem, então eu vou. Você e Winnetou, voltem até junto os cavalos, onde os espera Emery. Vou deixar aqui meu cinturão e minhas armas para que não se estraguem com a umidade,
Will Dunker me segurou pelo braço e me disse um tanto alarmado:
— Você tem a intenção de entrar pelo rio?
— É a melhor forma de fazê-lo. Em uma margem estão as Rochas Brancas e na outra crescem espessas moitas: sob a proteção de umas e outras será fácil me infiltrar nesse acampamento.
— Insisto que é muito temerário, mesmo levando em conta a sua sorte e audácia. Mas, o que diria se Will Dunker quisesse acompanhar-lhe?
— Diria que está tão louco como eu!
— Pois então estou!
— Hum! Escute Dunker, não lhe conheço o suficiente para saber quais são suas habilidades. Sabe nadar, mergulhar até o fundo e fazer-se de morto?
— Não sou de todo mal. Faça-me um teste, amigo!
— Não há tempo para testes nem competições.
— Eu sei, me desculpe.
— Esta bem, este riacho é muito profundo?
— Talvez tenha de profundidade a sua altura, se tanto. Todavia não o usei para me banhar!
— Pois agora o fará, se decidir-se a ir comigo.
— Já está decidido, eu irei!
— A correnteza é rápida?
— Também não sei, mas creio que sim.
— Aí vai a prova sobre a sua memória, Dunker. Por

acaso se recorda da cor da água que descia do riacho? Era clara ou turva?

— Turva: arrastava muitas pedras e bambus.

— Bem... perfeito. Isso nos favorece. Penso em ir construindo ilhas, detrás delas nos esconderemos de trecho em trecho, para ter a certeza de que não nos descubram.

— Ilhas? Você teria dito construir ilhas?

— Sim, é a coisa mais fácil do mundo. Basta reunir alguns bambus e outras plantas que seguem soltas flutuando sobre a água, dando-lhes a forma de uma ilhazinha, arrastada pela correnteza. No centro desta diminuta ilha se deixa um vazio, um oco. Entre os bambus e plantas que a compõem, costumam ficar várias fendas em todas as direções. Nadando, com a cabeça enfiada no oco central da ilhazinha, pode-se respirar livremente e também enxergar por todas as direções. Compreendeu?

— Sim, Sim! A idéia é engenhosa senhor. Agrada-me saber que aprendi algo com Mão-de-Fero! Sim, senhor, me agrada! Sou um tipo de sorte. Explicou muito bem, amigo. Farei o melhor que posso!

— Não deve ignorar que está jogando com a vida, senhor Dunker.

Ele respondeu, com um certo ar de presunção, mas em um homem como ele isso era normal:

— Já faz muitos anos que a dei como perdida, na primeira vez em que me ocorreu atravessar o Oeste. Eu era quase um menino, calcule você.

— De acordo, se está decidido a acompanhar-me, que assim seja. Sabe mais ou menos a que distância estão situados os sentinelas neste vale?

— Sei, a menos que tenham trocado as posições.

— Então me guie.

Ele se dispôs a fazê-lo, decididamente. Tive que agarrar-me a um de seus farrapos em que tinham se transformado as suas roupas. Ele me olhou estranhando e eu acrescentei:

— Escute Dunker, como depois não teremos oportunidade de falar, lhe direi a conduta que vamos seguir.

— Vamos, me diga!

— Um leve estalo com os dedos será o sinal de que um de nós tem algo a dizer ao outro. Então lentamente juntaremos as ilhas, de forma que possamos falar baixo e nos entendermos. Fora esse caso se limitará a fazer exatamente o que eu fizer. Irei na frente e você pode copiar meus movimentos: se me aproximo de uma margem, você também se aproxima, se prossigo a marcha, você se colocará em movimento também. Só em um caso não me imitará.

— Quando?

— Quando abandonar a ilha e saltar para a margem a fim de penetrar na tenda.

— Por cem mil búfalos! Você vai fazê-lo?

— Já disse que não vou sair daqui sem falar com aquela mulher. Não é tão difícil como parece a primeira vista, e agora já chega de conversa, vamos.

— Estou pensando que seria melhor esperarmos que as fogueiras se apaguem e os índios durmam.

— Não, além de falar com essa mulher, pretendo escutar o que falam esses índios e para isso preciso que eles estejam bem acordados.

— Você é um demônio. Não se esquece de nada!

Na escuridão, estendi minha mão para apertar a de Winnetou, mas meu bom amigo apache me sussurrou:

— Acompanho vocês até o rio meu irmão, assim ajudarei a construir as ilhas com os bambus. Quanto às suas coisas não se preocupe Mão-de-Ferro, logo as levarei comigo ao local onde Emery nos espera.

Como Will Dunker precisava até de punhal, o apache lhe deu o seu, e ao receber o punhal o explorador aprovou:

— Veio em boa hora! Vamos?

— Vamos.

Capítulo II

Depois de localizarmos onde estava situada a primeira dupla de sentinelas, nos afastamos um bom pedaço para buscar os bambus e podermos trabalhar tranqüilos, sem medo de sermos ouvidos. Tínhamos que fazê-lo de forma que os índios magalones não descobrissem nossa mutreta.

Entre as moitas mais próximas encontramos bastante ramos secos, reunindo assim o material necessário para o nosso propósito. As ilhas deveriam ser ligeiras e resistentes. Mesmo assim seu formato não poderia ser chamativo, deveriam aparentar como se as águas as tivessem feito.

Trabalhamos com pressa, sem dizer uma só palavra, uma hora mais tarde estava pronto o nosso trabalho. Pedi a Will Dunker que se jogasse no rio para que fizéssemos um ensaio, diante de meus olhos. Winnetou se afastou depois de assegurar-me que estaria preparado, sem soltar as mãos do meu rifle "Henry" de repetição, para nos ajudar se as coisas não fossem bem.

Mergulhei na água, chegando a nado até debaixo da minha ilha, meti a cabeça no oco que havia deixado no centro e seguindo Will Dunker nos pusemos a realizar nossa expedição aquática.

Posso assegurar a meus leitores que isso de nadar com roupas e calçados nada tem de agradável. Mesmo tendo deixado com Winnetou todas as coisas que podíamos dispensar, as que carregávamos eram suficientes para nos atrapalhar.

Aquele riacho não era muito largo, mas sim profundo. Quando nos afastamos da margem, perdemos o pé e nos vimos obrigados a nadar. A correnteza nos ajudava e me deixei arrastar por ela, mas sempre vigiando nossa posição. A escuridão era grande, podia apenas enxergar a ilha do meu companheiro.

Apesar daquela escuridão, pudemos distinguir a silhueta de um dos sentinelas que se encontrava às margens do riacho. A água refletia sua imagem como um espelho. Segurando a respiração, passamos impunes, diante daquele índio que de nada suspeitou. Ele, sem dúvida alguma, estava olhando o rio e viu deslizar pela correnteza os dois montes de vegetação seca. Mas como suspeitar de algo que tão freqüentemente acontece? Esta idéia me tranqüilizava e me dava segurança.

Pronto, estava feito. Vimos desfilar diante de nossos olhos as primeiras tendas, desde longe, iluminadas pelo brilho das pequenas fogueiras. Estavam do outro lado das espessas moitas que cresciam na mesma margem esquerda.

Havíamos passado por diante de umas doze ou treze tendas, quando acreditei ouvir o sinal combinado, o estalar de dedos de Will Dunker. Isso indicava que ele queria falar comigo, me detive para deixar que a sua ilha se aproximasse da minha. Com um sussurro ele me disse:

— Esta tenda grande, onde estão cravadas estas duas lanças, é a do chefe.

A princípio acreditei que isso não fosse de grande interesse, mas ao observar melhor, mudei de opinião.

Diante daquela tenda, a maior de todas, a fogueira acesa desprendia suas últimas chamas, já dando mostras que logo se apagaria, por isso já haviam acendido outra, mais distante, onde tinham mais espaço. Eles estavam ali, sentados em círculo, conversando, como estavam habituados a fazer nessas noites longas e monótonas. Mas pensando bem, também podiam estar celebrando um conselho.

Naquele momento fui tomado de assalto pelo desejo de escutar o que eles tratavam ali. Era provável que tratassem de algo importante, talvez sobre o projeto da expedição guerreira dos magalones contra os índios nijoras.

Decidi tentar, me apoiei na margem direita, logo vi que Dunker me imitava, fazendo o mesmo. Juntamos nossas ilhazinhas para podermos trocar algumas palavras em voz baixa, notando que nossos pés haviam voltado a encontrar terra firme.

Com esforço meu companheiro chegou até a mim, indagando:

— Porque paramos?

— Eles estão fazendo os preparativos para celebrar um conselho. Não seria ruim se soubéssemos algo sobre o que eles vão tratar. Você pode ver daqui qual a tenda que foi destinada a Jonathan Melton?

— Não, mas se contar, desde a do chefe até o fundo é a sexta.

— E a da mulher branca?

— É a quarta.

Podíamos deduzir que, devido a magnitude do círculo de índios que se encontravam sentados, o conselho deveria ser dos mais importantes e solenes para os índios magalones. Os guerreiros vinham de todas as partes, determinados a escutar seu chefe.

De repente, entre aqueles homens, destacou-se a figura de um índio forte de estatura elevada. Will Dunker me sussurrou:

— Aí está o grande chefe! Esse é Vento Forte.

Atrás dele, avançava também com ar satisfeito, Jonathan Melton. Pude perceber que ele levava consigo todas as suas armas e sentava-se ao lado do chefe. Tudo estava bem claro: algum acordo mútuo feito com o chefe dos magalones, lhe permitia tomar parte naquele conselho.

Vento Forte fez um sinal e doze guerreiros veteranos sentaram-se em torno do fogo em lugares de honra.

As deliberações haviam começado, ainda que nada pudéssemos ouvir dali.

— Vamos Dunker. Temos que nos arriscar um pouco!

— Mais? — ouvi que murmurava em tom de ironia.

Capítulo III

Cautelosamente, sem fazer ruídos, deslizamos com nossas ilhas ao sabor da correnteza.

Desesperava-me em pensar que não poderíamos encontrar uma boa posição para que pudéssemos escutar o que diziam. Mas a margem esquerda era, infelizmente, bastante elevada naquele ponto em que nos encontrávamos, não nos permitindo ver, mas as palavras chegavam claramente aos nossos ouvidos nos permitindo escutar com clareza uma voz forte e bastante gutural:

— Ainda que meus irmãos índios tenhamos decidido que partiríamos dentro de quatro dias, tenho fundadas razões para desejar que amanhã mesmo iniciemos a nossa expedição. A razão principal é que, segundo me disse o destemido cara-pálida, nosso convidado que está sentado ao meu lado, pelo caminho poderemos capturar três homens famosos. Se conseguirmos capturá-los, muitos guerreiros se alegrarão e cantarão para sempre a valentia dos magalones. Esses três célebres homens são: Winnetou, o grande chefe dos apaches, Mão-de-Ferro, o cara-pálida odiado por muitos peles-vermelhas e um outro branco alto e forte, que já matou também muitos irmãos da nossa raça.

Ressoou na noite um coro de exclamações de todos os tons.

Insisto que nada podíamos ver, mas compreendi que era o chefe Vento Forte quem falava. Ele continuou o discurso:

— Nosso irmão branco dirá agora o que antes já havia falado a mim. Pode falar!

Fez-se breve pausa, no final da mesma ressoou na noite a voz inconfundível de nosso mais terrível inimigo, Jonathan Melton. Havia se passado algum tempo, mas reconheci instantaneamente aquela voz, impessoal e metálica. O miserável divertia-se em descrever minuciosamente, nossa passagem, pelo castelo asteca, informando aos índios magalones, ignorantes do que realmente havia se passado, que havíamos insultado e abusado sem piedade dos índios yumas. Tive que reconhecer que era inteligente a sua história, mesmo que mentirosa. Melton continuava com sua narrativa, mas agora sua voz possuía um tom doloroso, ele prosseguiu:

— Homens, mulheres e crianças caíram sob as balas desses impiedosos assassinos. Com meus próprios olhos os vi descarregar golpes e coronhadas com suas armas sobre as pobres mulheres que pediam piedade para os seus. Creiam irmãos. Foi realmente pavoroso!

Fez-se uma pausa. Em seguida, se ouviram exclamações de indignação entre os homens que formavam o conselho. Satisfeito com o efeito do seu relato, Melton prosseguiu:

— Isso não foi o pior: eles roubaram e saquearam a vontade, riam como bestas sedentas de sangue quando viam as crianças arrastando-se até suas mães já mortas... não se esqueçam que Mão-de-Ferro vai construindo sua fama segundo o número de índios que mata. Esse homem é um monstro da natureza e a vergonha da nossa raça, finge-se de amigo e protetor dos homens vermelhos. Seu grande amigo Winnetou, é um renegado dos seus, sempre o acompanha por onde vai. Esse apache só deseja a extinção das tribos que considera suas rivais.

Os murmúrios de indignação entre os magalones iam crescendo, este sinal de aprovação animou ainda mais o grande farsante que após breve pausa acrescentou:

— Terminar com bestas tão sanguinárias é para todo homem uma honra, seja branco, seja pele-vermelha, é um dever sagrado. Enquanto homens assim, transitem impunemente suas pradarias, a paz e a tranqüilidade não existirão. Eles necessitam de aventuras, guerras, roubos,

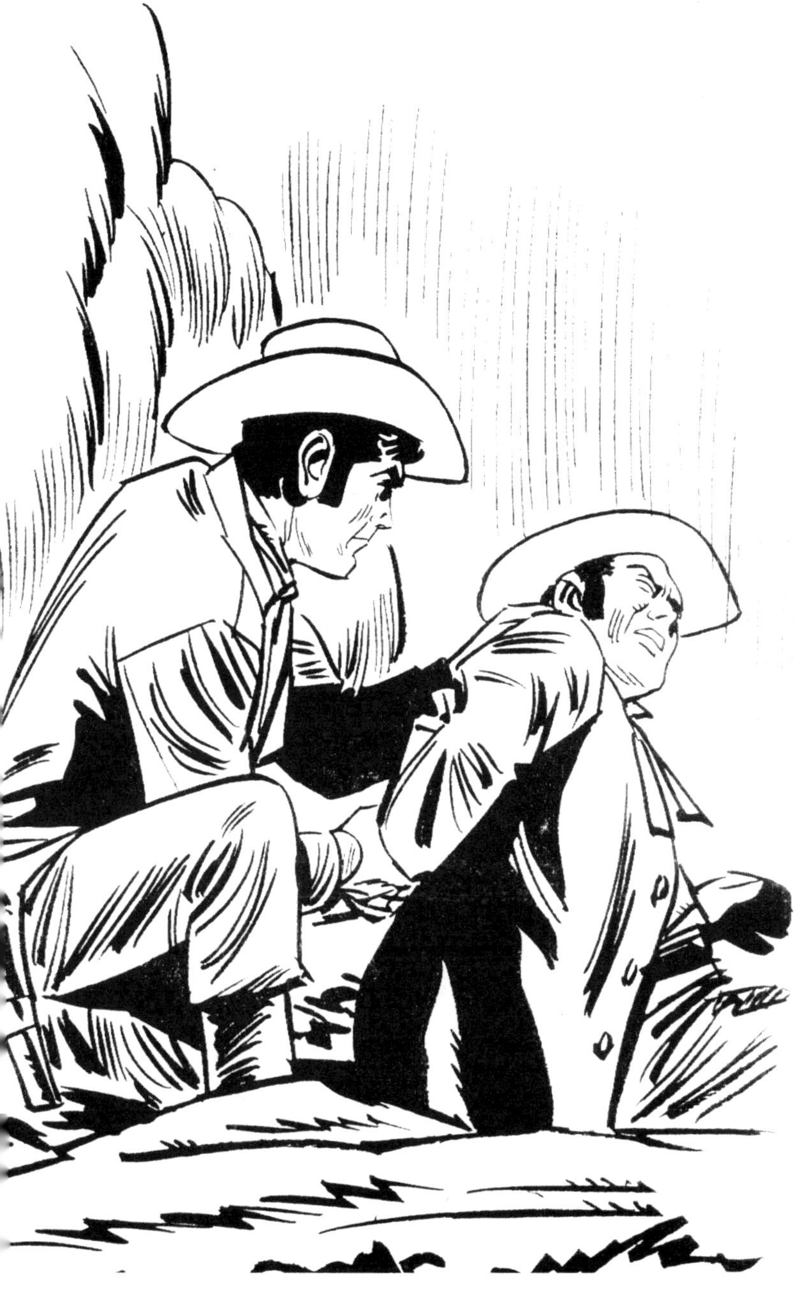

saques e violência. Mão-de-Ferro é um homem branco incapaz de viver em cidades civilizadas. Os seus o expulsaram de seu país, a distante Alemanha, lá jamais poderá voltar. Sabe que se o fizer, a justiça e a lei se encarregarão dele. Por isso só lhe resta viver no Oeste, onde as grandes distâncias, as pradarias, as montanhas e os bosques fechados lhe faz acreditar que escondem seus crimes.

Eu estava furioso e desejava saltar o quanto antes do meu esconderijo para dar ao farsante o que ele realmente merecia. Mas soube me dominar, além disso a mão ossuda de Will Dunker me segurou o braço, sussurrando para me tranqüilizar:

— Lembre-se do ditado: a palavras tolas, ouvidos surdos.

— É um canalha! Só busca o seu proveito — murmurei.

Tive que voltar a prestar atenção às vozes, porque a fértil e maligna imaginação de Jonathan Melton continuava gritando:

— Agora, se não capturarem logo a esses três homens, serão vocês e suas famílias, que sentirão na pele a ação desses indivíduos. Sei que eles vêem para unir-se aos nijoras e lutar junto deles como inimigos dos magalones. Somente por ser eu, um amigo de seu povo, por respeitar e ter amizade ao seu grande chefe Vento Forte é que me levou a cavalgar sem descanso, somente para preveni-los. Mão-de-Ferro, com seu rifle mágico, que pode disparar sem cessar e Winnetou com o seu mortal rifle de prata, podem causar-lhes graves estragos tendo ainda a ajuda dos nijoras. Cabe a vocês decidirem irmãos! Decidir logo, pois não há tempo!

A pausa que se seguiu só foi interrompida pelos comentários e exclamações dos guerreiros magalones, o que me levou a acreditar que aquele agitador havia terminado com seu discurso, mas vi que estava equivocado quando o ouvi continuar:

— Um prisioneiro seus escapou. Saibam que se trata de Will Dunker, um esperto explorador e um guia capaz de conhecer todas as trilhas, todos os caminhos, todos os lugares. Pois bem: esse homem também é muito perigoso, a esta hora, sem dúvida não hesitará em unir-se a seus inimigos os nijoras. Ali se encontrará com Winnetou e Mão-de-Ferro. Mas isso não é tudo! Há algo mais!

Ele necessitava tomar fôlego, para continuar confundindo com suas mentirosas palavras, os pobres magalones.

— Sabem porventura quem é sir Emery Bothwell? Eu lhes direi meus amigos! É um déspota poderoso e rico que também não pode viver em seu país do outro lado dos mares. É em uma só palavra um assassino nato. E escutem-me, escutem-me, por favor!

Jonathan Melton tinha que pedir para que o escutassem, porque ele próprio havia inflamado os ânimos daqueles peles-vermelhas, que não deixavam de murmurar e comentar entre si. Continuei escutando com mais atenção:

— Pois bem irmãos, eu lhes digo... é nosso dever acabar com semelhantes seres indignos de viver com homens honrados. Para fazê-lo é lícito recorrer a todos os meios. A emboscada, a traição e a armadilha que usam para matar os lobos e os pumas. É isso que devemos fazer contra eles.

Faltava ainda a açoitada e ele o fez de forma vibrante, ao dizer:

— Não podem escolher! Ou eles..! Eles esmagarão vocês!

Um exaltado murmúrio de aprovação percorreu o conselho dos índios enchendo a noite com seus gritos e exclamações.

Capítulo IV

Os homens, geralmente, uma vez que tenham passado por uma crise de grande irritação ou ficam humilhados ou tranqüilos: a mim ocorreu o último e decidi não dar muita importância àquela série de mentiras, que os malvados lábios do nosso inimigo haviam lançado na noite com tanto calor.

Por outro lado, o que poderia fazer? Saber se conter em certas ocasiões é como ganhar uma batalha, sobretudo quando se vence a si mesmo. De nada adiantaria eu ter me apresentado diante deles e lutado pela verdade. Teria sido um suicídio e também seria a perdição dos meus companheiros, se me dispusesse a gritar que Jonathan Melton mentia como um judas diante daqueles guerreiros exaltados, dispostos a empunhar suas lanças e atravessar-me de parte a parte.

Tinha uma missão mais importante do que dar-me aquela satisfação e assim, afortunadamente, o decidi.

Jonathan Melton e todas as suas mentiras poderiam esperar.

Finalmente, a voz forte e viril de Vento Forte requereu toda a nossa atenção ao dizer depois do vibrante discurso do farsante:

— Acabaram de ouvir a nosso irmão branco. Ele tem demonstrado que é um amigo de nossa tribo ao cavalgar durante dias para nos avisar. Nós lhe agradecemos e eu, como chefe dos magalones, lhe peço que responda umas poucas perguntas.

— Fale, Vento Forte — solicitou a voz de Melton.

— Você me disse que Winnetou e Mão-de-Ferro estavam no castelo asteca da mulher branca quando de lá saiu.

— Certo, ficaram ali com esse Emery Bothwell e outro homem chamado Franz Vogel, que também se unira a eles. Tenho certeza!

— Sabe quando saíram dali?
— Não, mas já estavam a caminho.
— Muito próximo daqui?
— Sim, é bem provável porque têm bons cavalos.
— Mas não terão chegado ao acampamento de nossos inimigos, os nijoras?
— Talvez não. Porque está me fazendo estas perguntas grande chefe dos magalones?
— Porque se o conselho o aprovar, vou mandar cinqüenta dos meus guerreiros para que exterminem esses homens. Assim não poderão atiçar nossos inimigos contra nós.
— Se assim o fizer, fará bem, aprovo sua idéia.
— O restante dos meus bravos irá amanhã até o Vale Negro, onde esperaremos pela vitória decisiva.

Não havia mais porque esperar a decisão do conselho. Estava claro que nem Jonathan Melton nem Vento Forte encontrariam oposição, por isso disse a Will Dunker, tocando-lhe o braço:

— Não esperemos mais. Vamos aproveitar agora que continuam reunidos aqui para tomar suas deliberações. A tenda de Jonathan Melton estará vazia agora. Temos que ir antes que termine essa assembléia!

Meu companheiro começou a se mover na água e eu o adverti antes de separarmo-nos de todo:

— Vamos nos afastar um pouco e eu saltarei para a margem, a fim de visitar a sexta tenda.

Tivemos que nadar durante alguns minutos, esquentando os membros debaixo d'água que começavam a ficar dormentes. Para minha sorte a sexta tenda estava tão próxima ao rio como as outras e sua sombra, desenhava-se como um cone sobre a água.

Ao chegarmos a esta sombra voltamos a nos deter, e disse a Dunker:

— Espere aqui pelo meu regresso, e não saia dessa água por nenhum motivo.

— O que farei se você não voltar?
— Logo ouvirá Winnetou disparar meu rifle.
— E se não disparar? — insistiu.
— O fará. Acredite, não deixarei me apanhar sem resistência. O ruído que esta luta produziria daria a entender a Winnetou e a você que eu me encontraria em perigo. Asseguro-lhe que o apache não ficaria quieto em seu canto. Mas se você ver que me aconteceu algo, comece a fugir o mais velozmente que consiga.
— Fugir, covardemente, Will Dunker?
— Este não é o momento de dar mostras de coragem amigo. O que poderia fazer somente com este punhal? Não compreende?
— Nunca deixo ninguém em maus lençóis! — afirmou solenemente.
— Acredito, mas me obedeça Dunker. Protegido por sua ilha cruze o rio e uma vez na outra margem, pode ir buscar Emery.
— Está bem! Está bem! Mas saiba que não me agrada isto de esperar e obedecer.
— Falo pelo seu próprio bem Dunker.
Na escuridão da noite pude ver que sorria. Apertamos as nossas mãos com força e ele me disse:
— Sorte, amigo. Muita sorte!
— Obrigada, Will.

Capítulo V

Encostei minha ilha à vegetação próxima à margem e tirei minha cabeça lentamente. Ao chegar à altura do terreno, olhei ao meu redor: não se via uma só alma.

Desci: tratava-se agora de averiguar se havia ficado ou não alguém na sexta tenda. Aproximei-me dela arrastando-me e escutei com os cinco sentidos. Tudo estava em silêncio: em um silêncio impressionante que fazia suspeitar do perigo, como se fosse uma astuta armadilha.

Com muita precaução, arranquei uma das estacas do solo e levantei a borda da lona: justamente diante de mim ficava a entrada da tenda, meio aberta por ter levantada as peles que faziam às vezes de porta. O reflexo de uma fogueira iluminava de forma tênue o interior e pude me assegurar com a maior certeza que a tenda estava completamente vazia.

Não me envergonho em confessar que meu coração, naquele momento, batia com redobrada força. Jonathan Melton levava com ele a fortuna roubada que guardava na sua carteira de couro. Era de se supor que ele não a levasse consigo durante a celebração do conselho, pois tal coisa chamaria excessivamente a atenção dos índios magalones. Sendo assim, poderia estar bem escondida em alguma parte daquela tenda.

À primeira vista não vi o que buscava, mas decidi que a encontraria. Levantei um pouco mais a lona da tenda e arrastando-me entrei, como se fosse uma furtiva serpente em busca de sua presa. Decepcionou-me não ver a tão cobiçada carteira em nenhum lugar e fugazmente pensei que talvez a houvesse entregue ao chefe Vento Forte. Logo desisti dessa idéia por considerá-la absurda, em se tratando de um homem como aquele.

Os tipos tão ladinos e desconfiados como Jonathan Melton jamais confiam em alguém.

A cama era composta por folhagem, capim cortado e várias mantas de confecção indígena. Aproximei-me, meti as mãos entre as mantas e notei algo parecido com o que buscava. Era a carteira.

Havia conseguido!

Parei um pouco para refletir, ainda que a perigosíssima situação em que me encontrava não fosse muito propícia para fazê-lo. Se pegasse aquela carteira e a levasse comigo, Jonathan Melton não tardaria a sentir sua falta e daria voz de alarme. Então, com um louco afã, nos procuraria e terminaria por encontrar nosso rastro, seguindo-o, e reconhecendo o terreno, chegariam logo a nossa pista.

As conseqüências disso tudo eram fáceis de adivinhar. O perigo seria maior e ainda que a nossa sorte, nossa audácia e valentia nos ajudassem, não haveríamos de conseguir dar por encerrada a aventura pois conseguiríamos recuperar o dinheiro mas o ladrão não conseguiríamos punir.

Estava em dúvida pensando sobre isso, vendo que o tempo corria contra mim. Se me decidisse a abrir aquela carteira, teria que esvaziá-la, mas teria que enchê-la com algo que fizesse Jonathan Melton pensar que ainda estava cheia com os milhões de que havia se apoderado. Dessa forma talvez desse certo, mas seria uma operação difícil e necessitaria de tempo.

Tempo era o que me faltava.

Precisava fazer algo sem mais demora! Caso Jonathan Melton, sozinho, me surpreendesse em pleno "trabalho" talvez, o dominasse com certa facilidade. Pensando assim me decidi e resolutamente comecei a tentar abrir aquela pasta.

Era de couro negro e fino, emoldurada por um filete de aço. Estava bem cheia, mas hermeticamente fechada. Usando a faca foi relativamente fácil deslocar aquela cercadura, pouco trabalho me custou, ainda que lamentasse não poder deixar a pasta no mesmo estado em que a havia encontrado. Por fim meti a mão com certa ansiedade dentro dela e encontrei vários objetos, que não eram precisamente o que buscava. Debaixo de tudo, encontrei uma carteira de pele que se mostrava bem cheia. Guardei-a em meu bolso e para que Melton não sentisse sua falta, cortei com minha faca um pedaço de uma das mantas que cobriam a cama, dobrei a tira da manta como se fosse a própria carteira e coloquei no mesmo lugar, dentro da pasta. Estava tentando recompor novamente a pasta, quando me veio um mau presságio.

Minhas roupas estavam molhadas e por um instante temi ter deixado pegadas de meus passos por ali. Reparando melhor, percebi que a umidade não era o suficiente para que as roupas pudessem gotejar. Terminei de colocar a pasta no mesmo lugar em que a encontrei, debaixo das mantas, e aos poucos, arrastando-me outra vez, saí da tenda e voltei a cravar a estaca tal como havia encontrado. Continuei rastejando até o rio, onde se encontrava a minha ilha protetora, a coisa foi fácil. Pensei em desmanchar minhas pegadas deixadas por ali, mas o orvalho da madrugada se encarregaria de fazê-lo por mim.

Já junto a borda da água, respirei com mais tranqüilidade, recobrando o fôlego. Decidi parar para descansar por uns minutos, quando ouvi que alguém estalava os dedos.

Era Will Dunker, de quem, durante meu nervosismo, havia me esquecido por completo.

— Que foi? — sussurrei.

— Isso quem diz sou eu.

— Já estou de volta.

— Graças sejam dadas aos céus, amigo! Temi que não regressasse nunca.

— Desculpe-me, Dunker, tenho que voltar a lhe deixar.

— Como? Quer continuar vagando por aí até que o apanhem?

— Posso afirmar que quase não tenho mais forças, mas já que estamos aqui...

— Porque tem de ir outra vez?

— Eu consegui pegar algo muito importante, que devo levar comigo mas sem que se estrague na água. Amarrarei em minha ilha em algum lugar dos juncos mais altos que estejam secos.

— O que é isso?

Sorri levemente e na noite escura lhe respondi brincando:

— Se lhe contar, não irá acreditar Dunker.
— Vamos ver...Diga, não me mate de impaciência!
— São vários milhões de dólares!
— Por cem mil búfalos! — exclamou com sua expressão favorita —. Você falou em MILHÕES de dólares?
— Foi o que eu disse.
— É o dinheiro que foi roubado por esse tal Mel... Mel..?
— Sim é.
— Você teve sorte em encontrá-los!

Necessitava de uns juncos mais frágeis e suaves para atar a carteira na parte superior da ilha que deveria me ajudar a deslizar pelo rio. Comecei a procurar, tive de valer-me de algumas raízes e talos, mas consegui meu objetivo. Entrei no rio, me meti em minha ilha e nadamos pela correnteza até nos determos diante da quarta tenda.

Ao colocar a cabeça para fora da água meu companheiro Dunker me advertiu:

— Cuidado! Aposto cem a um que a senhora não estará sozinha em sua tenda.
— Se estiver sozinha, não permanecerá dentro da tenda: uma dama como ela preferirá, enquanto lhe for possível, respirar o ar fresco em vez de estar dentro de uma tenda fedorenta conversando com velhas mulheres ainda mais desagradáveis.

Novamente subi à margem do rio e me alegrei ao constatar que minha suposição estava correta. A três passos de onde me encontrava estava erguida a tenda e diante dela estava sentada Maria Vogel em pessoa, tão bela e atraente como eu recordava.

Estava sentada diante da porta, junto a um grupo de mulheres índias que pareciam cochichar entre elas sem fazer muito caso da prisioneira branca.

Como iria falar com ela com todas aquelas tagarelas tão próximas?
Este era meu problema...

Capítulo VI

Era preciso chamar sua atenção, mas sem assustá-la para que não corrêssemos o risco de chamar a atenção das mulheres índias. Refleti bem e acreditei ser mais oportuno pronunciar seu nome de batismo em alemão.

— Maria... — sussurrei baixinho, o mais próximo dela que consegui.

A mulher estremeceu dos pés a cabeça, levantando-se como que impulsionada por uma mola. Para nossa sorte, ela teve a serenidade suficiente para não gritar, nem dar mostras de seu sobressalto. Com desconfiança em seus belos olhos e grande precaução em seus passos, foi-se afastando das índias. Levantei a cabeça para que pudesse me reconhecer, clareando meu rosto no brilho das fogueiras. Voltei a sussurrar:

— Maria... Silêncio por favor! Não faça nenhum ruído, nem gestos bruscos!

Ela ficou tão imóvel que me arrisquei em dizer:

— Você me reconheceu, Maria?

— Sim — murmurou quase sem despregar os lábios, mas afastando-se cada vez mais da tenda.

As índias continuavam conversando entre elas, com toda certeza, tirando suas próprias conclusões a respeito do conselho que seus homens estavam celebrando. Isto me tranqüilizou e voltei a lhe advertir:

— Vim somente para lhe dizer que estamos muito próximos. Sabemos de tudo! Will Dunker, seu guia, teve a sorte de nos encontrar.

— E meu irmão Franz? — perguntou ansiosa.

— Calma, não deve se inquietar! Não vamos pôr tudo a perder, você tem que se controlar.

— Mas Franz está bem?

— Sim, e em lugar seguro. Ele se encontra com os índios nijoras, que são nossos amigos. Está se portando como um homem!

— Graças a Deus! Temi que tivesse sido morto ou que... mas, como você pôde chegar até aqui? É muito arriscado!

— Nada poderia me deter, sabendo que você estava aqui, Maria.

— Outra vez lhe agradeço a gentileza, meu amigo. Mas temos que...

— Mantenha-se quieta onde está, fique como se estivesse contemplando a noite. Não! Não se aproxime mais! Aí já está bom!

Ela me atendeu e aos poucos, como se estivesse rezando, seus lábios se moveram ao dizer, sempre preocupada com seu jovem irmão:

— Mas Franz não está seguro com os índios nijoras. Os magalones estão pretendendo atacá-los! O próprio Jonathan Melton me disse que iria pessoalmente, junto dos guerreiros de Vento Forte para capturar vocês.

— Ele é muito pretensioso. Não corremos nenhum perigo. Mas agora não posso lhe libertar, Maria. Acredite, sinto muito, mas garanto que seu cativeiro sera curto. Você sabe onde está o advogado Murphy?

— Está em outra tenda, no interior do acampamento. Por ordem de Melton está sendo muito vigiado. E vocês... onde estão? Que estão fazendo?

— Não devemos falar disso agora. Iremos lhe contar em ocasião mais oportuna. Mas saiba que Henry Melton foi morto e temos conosco seu irmão Thomas, o pai de Jonathan. Ele tentou fugir mais uma vez, burlando a nossa vigilância, por uma passagem secreta do castelo asteca, mas agora chegou ao seu fim.

— Por favor, o que vocês estão pensando em fazer?

— Não devemos mais nos arriscar mas, Maria, fique

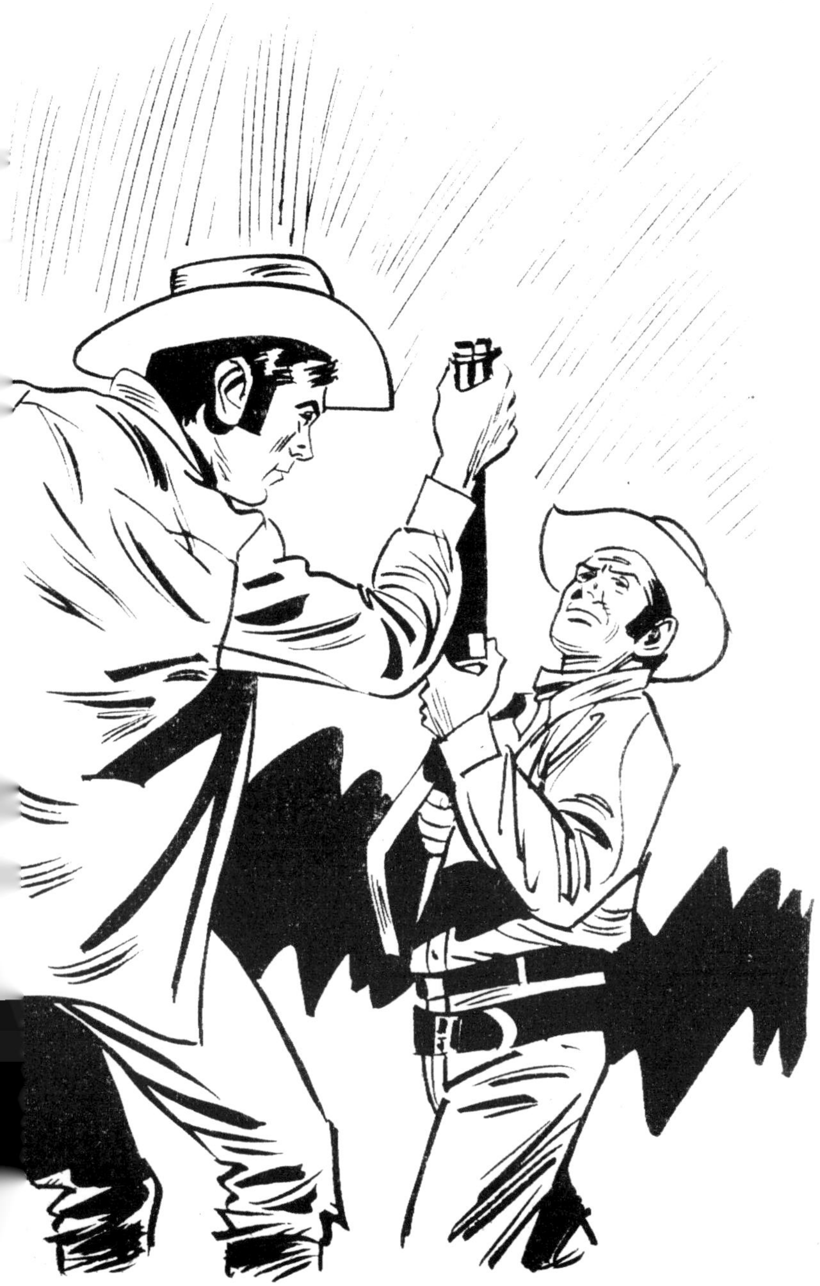

tranqüila e espere. Agora vou lhe pedir um favor: ande, como se estivesse passeando, de onde você está até a beira do rio, para cobrir meu rastro, assim se desconfiarem, pensarão que as pegadas são suas.

— Não me esquecerei, mas não sabe a pena que me dá saber que estão tão perto e, no entanto, não poder ir com você.

— Tenha paciência!

Naquele instante, ressoou um grito que cruzou todo o acampamento. Ao ouvi-lo, as índias que estavam junto da tenda, se levantaram, cheias de curiosidade e se afastaram mais um pouco de nós.

Isto nos proporcionava uma momentânea tranqüilidade que não quis desperdiçar. Levantei-me um pouco mais do solo e indaguei:

— Que foi isso?

Maria Vogel nada respondeu, também muito alterada, e ao se repetir o grito, eu mesmo identifiquei de quem era aquela voz, e esclareci:

— É o chefe avisando para reunirem suas forças. O conselho já deve ter terminado e isso demonstra que aprovaram as propostas de Jonathan. Alguns guerreiros sairão imediatamente em nossa captura. Não posso me deter mais tempo, Maria. Ânimo, confie em nós!

— Como não confiar amigo, se tirando Deus, são os únicos que tenho?

Voltei a rastejar pela vegetação, como se fosse um lagarto, mas com menos intranqüilidade e temor, agora tinha uma bela aliada.

Maria Vogel se encarregaria de apagar meus passos e todo o meu rastro.

A Conferência Bélica

Primeiro Capítulo

Não havia chegado ainda à margem do rio, quando dali mesmo chegou até mim uma voz conhecida pelo seu tom de hipócrita amabilidade, dizendo:
— Venho me despedir de você, minha querida senhora Werner.
Era Jonathan Melton!
Irritou-me saber que estava falando com Maria. Admito que sentia uma grande curiosidade em saber como e em que tom ela responderia àquele criminoso. Mas ela nada respondeu e a voz masculina continuou dizendo:
— Sim, sim! Compreendo que sinta que tenhamos que nos separar. Mas não se preocupe, rapidamente voltaremos a nos reunir.
Meu interesse crescia cada vez mais, agora desejava que ela respondesse para saber o que realmente pensava. Mas ela continuava sem despregar os lábios, ofendida com a sua presença.
Por fim, talvez compreendendo que eu ainda deveria estar por perto e poderia ouvi-la, Maria falou com desprezo:
— Você sabe que não posso desejar-lhe boa sorte nem tampouco boa viagem.
— Isso não importa, minha encantadora senhora, você também irá comigo.
— Eu irei? Quando?

— Ao nascer do novo dia. Sairá com as forças que vão ao encontro dos nijoras. Quero demonstrar o pouco temor que tenho de você e seus "valentes" amigos.

— Pois assim não me parece, pois só o que faz é fugir deles — assegurou a mulher.

— Digo-lhe com franqueza que para mim já deixaram de ser assustadores, já não os temo mais. O que me faltava já tenho, ademais dos milhões, tenho você e o advogado em meu poder. Dentro de pouco partirei no comando de cinqüenta corajosos guerreiros para então regressar com as cabeças de Winnetou, Mão-de-Ferro e este estúpido aristocrata inglês. Vamos nos encontrar em um delicioso lugar que se chama o Vale Negro.

Ele fez uma pausa e com grande satisfação em sua voz acrescentou:

— A partir de agora ninguém irá contestar que eu sou o legítimo herdeiro do velho Hunter. Ouviu bem senhora Werner? Eu! E não podem existir outros herdeiros que disputem comigo esses milhões!

— Não creia que me assusta. Sei o que quer me dizer. Pensa em nos matar?

— Para que negar? Você e seu ridículo irmão violinista me atrapalham. Agora entre nesta tenda e não volte a sair, essas mulheres que a estão vigiando têm ordem de não perdê-la de vista. Seria uma lástima que seu lindo corpo fosse atravessado por uma lança índia.

Esperei com os punhos cerrados, sentindo crescer minha indignação e os meus nervos se crisparem, mas daquela vez, a resposta de Maria não chegou até mim. Ela devia ter se submetido a seu comando, porque depois, não consegui ouvir mais nada.

Quando cheguei junto do rio, coloquei-me convenientemente detrás dos juncos, esperei um bom tempo, e finalmente me separei da margem. Will Dunker me seguiu e nos pusemos a nadar até deixar para trás os últimos postos dos sentinelas índios. Então, saímos da água, desamarrei a carteira e meu companheiro começou a sacudir-se, protestando:

— Agora só me falta apanhar um resfriado. Diante de tudo o que fiz eu não merecia este molhaceiro.

— Você fez bastante amigo, só em saber que você estava ali já me dava ânimo.

— Não acredito, a verdade é que poderia ter ido sozinho.

— Acredite amigo é muito bom saber que se está acompanhado de uma mão amiga, disposta a lutar consigo se for necessário.

— Somente palavras! Está dizendo isto para que não me sinta um inútil.

— Não pense assim, Dunker, digo o que realmente sinto.

Apesar da escuridão, conseguimos nos orientar e chegar ao local exato onde nos esperava Emery junto a nossos cavalos. Pelo caminho fui colocando a par Will Dunker de tudo o que havia visto e ouvido naquele acampamento. O magrelo explorador comentou:

— Bem, por agora o que pensa em fazer?

— Não posso decidir sozinho. Bem, já estamos a par dos seus planos e a forma como pensam em executá-los. Foi uma sorte recuperar o dinheiro que estava naquela carteira. Jonathan partirá dentro de poucos momentos e não creio que se preocupe em conferir seus pertences, não irá dar falta dos milhões roubados.

— É mesmo verdade que esta levando aí toda esta fortuna que está dizendo?

Uma sombra avançou até nosso grupo e por um momento temi que algum índio magalone houvesse nos seguido, mas aos poucos, a hercúlea figura de Winnetou materializou-se diante de nós, saudando-nos com estas palavras:

— Podem se aproximar meus irmãos, não é nenhum inimigo que está na espreita.

Ainda levava nas mãos meu rifle "Henry", prosseguiu:

— Quando meus irmãos se lançaram na água ocultos por suas ilhas, eu me instalei aqui, pois considerei que era o melhor lugar para poder ajudar-lhes caso fosse necessário.

Era verdade que havia escolhido um lugar excelente, dali devido a altura se avistava parte do acampamento e caso houvesse ocorrido algo comigo, com toda certeza o rifle "Henry" nos teria avisado com um forte estrondo na escura noite.

Enquanto recolhíamos as nossas coisas, coloquei Winnetou e Emery a par também de todos os acontecimentos. Ao chegar na parte da carteira, Winnetou interrompeu dizendo:

— Meu irmão não deveria ter apanhado esta carteira. Jonathan dará falta dela e compreenderá que estamos aqui.

— É possível que abra a pasta hoje, amanhã ou dentro de alguns dias. Mas ainda que sinta falta do dinheiro rapidamente, pode também pensar ter sido qualquer outro que o tenha apanhado, talvez algum dos índios ou mesmo o chefe. Quem nos disse que tem o costume de abrir a pasta todos os dias? Se for assim pode supor que o dinheiro sumiu já faz algum tempo, talvez até mesmo antes de chegar ao acampamento dos magalones.

Diante de tantas suposições eles nada mais objetaram sobre aquele assunto, contei também a minha conversa com Maria Vogel, ao terminar Winnetou opinou:

— Winnetou acreditou que esse homem era mais inteligente do que vem demonstrando ser. Ele é movido pelo ódio que é um mau conselheiro. Meu irmão falou com a sua costumeira sensatez e certeza, mas não nos esqueçamos que ao amanhecer eles se colocarão em movimento para atacar os nijoras.

Já estávamos preparados para regressar e disse:

— Montamos?

Winnetou nada me respondeu, parecia refletir, quando voltou a perguntar:

— Eles já estão prontos para o ataque?

— Creio que sim — respondi.

— Os preparativos para o combate de uma tribo índia são relativamente fáceis — opinou Will Dunker. Muito mais simples que o de um exército branco.

— Certo — admitiu o apache — mas não se trata somente de armas, eles terão que prover-se de mantimentos. Será que os magalones os têm em quantidade suficiente?

— Sinto não poder informar nada sobre isso — lamentei.

— Se não têm as provisões suficientes, cometem uma grave falta na preparação de um ataque. Rapidamente sentirão a falta de alimentos.

— E se estiverem contando com a caça? — disse Emery.

— No Vale Negro há muito pouca caça — contestou o apache.

— Ainda que existam bons locais para caçar, não terão tempo para fazê-lo e organizar o ataque.

Quem havia falado fora Will Dunker, que voltando-se para Winnetou acrescentou:

— Conhece o chefe apache do território do Vale Negro?

— Sim conheço.

— Fica muito longe daqui?

— Um bom cavaleiro que saia pela manhã e acampe à noite, poderia chegar ao meio-dia do dia seguinte. Eu guiarei a meus irmãos.

— Meu irmão já pensou nas conseqüências? Agora temos uma vantagem sobre eles, não sabem onde estamos, sairão a nossa procura sem direção e conseqüentemente perderão tempo. Se for de outra forma logo nos encontrarão.

— Winnetou tem razão — apoiei sua tese. Isso sem

contar que Maria e o advogado nos atrapalhariam. Agora o que temos a fazer é ajudar os nijoras.

— Nesse caso, o que estamos esperando?

Dizendo isto, Will Dunker montou em seu cavalo que havia roubado de Vento Forte. Naquele momento, Winnetou lhe ordenou:

— Detenha-se, creio que devamos esperar que a expedição magalone passe primeiro, depois partiremos.

— Não vai ser pior termos que ir atrás deles? — protestou o explorador. Esses índios cavalgarão devagar e nos farão perder muito tempo.

Winnetou olhou para Will Dunker e nobremente reconheceu que se equivocara e admitiu:

— Will Dunker fala com razão. Bem se vê que é um homem experimentado.

— Claro que sim! O que dizem vocês dois?

Ele se dirigia a Emery e a mim, o inglês respondeu:

— Por mim devemos partir sem demora. Não me agrada permanecer aqui! Já estou com os nervos à flor da pele de tanto esperar.

— Bem, no momento já temos o dinheiro, depois nos dedicaremos a capturar Jonathan. Por agora nada ameaça os prisioneiros e Maria saberá nos compreender.

Disse isso porque na realidade continuar ali não teria mais sentido, e sempre existia o perigo dos índios que Vento Forte enviara para procurar o prisioneiro que fugira e levara consigo seu próprio cavalo.

O que deu por encerrado o assunto foi a chuva que começava a cair e que em parte nos favorecia. Teríamos que ter cuidado em não deixar muitas pegadas, mas mesmo que, o forte vento e a chuva que começara a cair naquela noite se encarregassem de desmanchá-las, teríamos que ter cuidado para que nossos cavalos não pisassem em áreas de barro.

Calculo que seriam umas duas horas da madrugada, a quando começamos a nos afastar daquele acampamento dos índios magalones.

Uma Expedição Exploradora

Primeiro Capítulo

Para falar a verdade, a jornada que nos esperava não se anunciava das mais agradáveis. O vento soprava cada vez com mais força e a chuva se transformara em uma verdadeira catarata que caía do céu negro, molhando-nos novamente até os ossos.

Will Dunker e eu conversávamos sobre nosso mais recente costume de estar sempre de "molho" antes no rio, agora na chuva.

Apesar do desconforto este tempo nos favorecia e tinha suas vantagens. A chuva mantinha os cavalos frescos, e como era um autêntico dilúvio, ajudado pelo vento, em menos de uma hora apagaria por completo as nossas pegadas. Isso nos permitia, apesar do incômodo, cavalgar mais tranqüilos.

Quando começou a despontar o dia, depois de horas e horas de uma marcha silenciosa, nos encontrávamos no princípio de uma extensíssima pradaria que parecia estar toda ela coberta por um tapete verde. Um verde úmido pela chuva que não deixava de cair, ainda que com menos intensidade do que nas primeiras horas. Winnetou, que havia nos guiado com tanta certeza durante toda a viagem, agora nos indicava:

— Por ali, a uma meia hora de distância, está o caminho que seguíamos ontem.

— Sim...! Que o grande Manitu lhe conserve a vista, apache! — disse Will Dunker com alegria —. É mais ou menos o local onde tiveram a desgraça de me encontrar. Digo desgraça porque desde então me considero um homem acabado. Não tive, desde então, ocasião de fazer nenhum trabalho importante. Já viram para que servi: para esperar escondido como uma velha medrosa.

Eu me apressei em corrigir:

— Demos graças que não teve que intervir. E, ademais já lhe repeti outras vezes que a sua vigilância contribuiu para o êxito do meu trabalho.

Pouco a pouco, a claridade foi aumentando até o céu ficar completamente limpo pontilhado apenas por pequenas nuvens que reluziam ao sol. Isto era um prenúncio de calor, que nos alterou o humor, da minha sela propus a meus companheiros:

— Que tal se descansássemos um par de horas?

— Quando alcançarmos aquele bosque — aprovou Winnetou, que era nosso guia.

Reconheci que aquilo era realmente uma medida mais prudente e nada repliquei, consciente que entre as árvores poderíamos descansar com mais segurança por estarmos cobertos por árvores de copas frondosas. Não tardamos a alcançar seu limite e nos detivemos todos para descansar, nós e os cavalos que também mereciam.

Descansaram e pastaram vagarosamente pelo espaço de um par de horas. Nós aproveitamos para terminar de secar nossas roupas e comer algo, passando um bom tempo aproveitando o bom humor do magricela Will Dunker, que ao ficar somente de cuecas, colocando seus trapos para secar nas ramas, nos fez rir com seus casos sobre sua própria figura. Para seu corpo esmirrado, era um homem de extraordinária vitalidade e resistência, curtido pelo sol e mil aventuras no Oeste.

Concretamente me recordo que nos contou uma anedota que nos fez rir com vontade, incluindo o sério Winnetou. Começou contando-nos que uma vez tinha

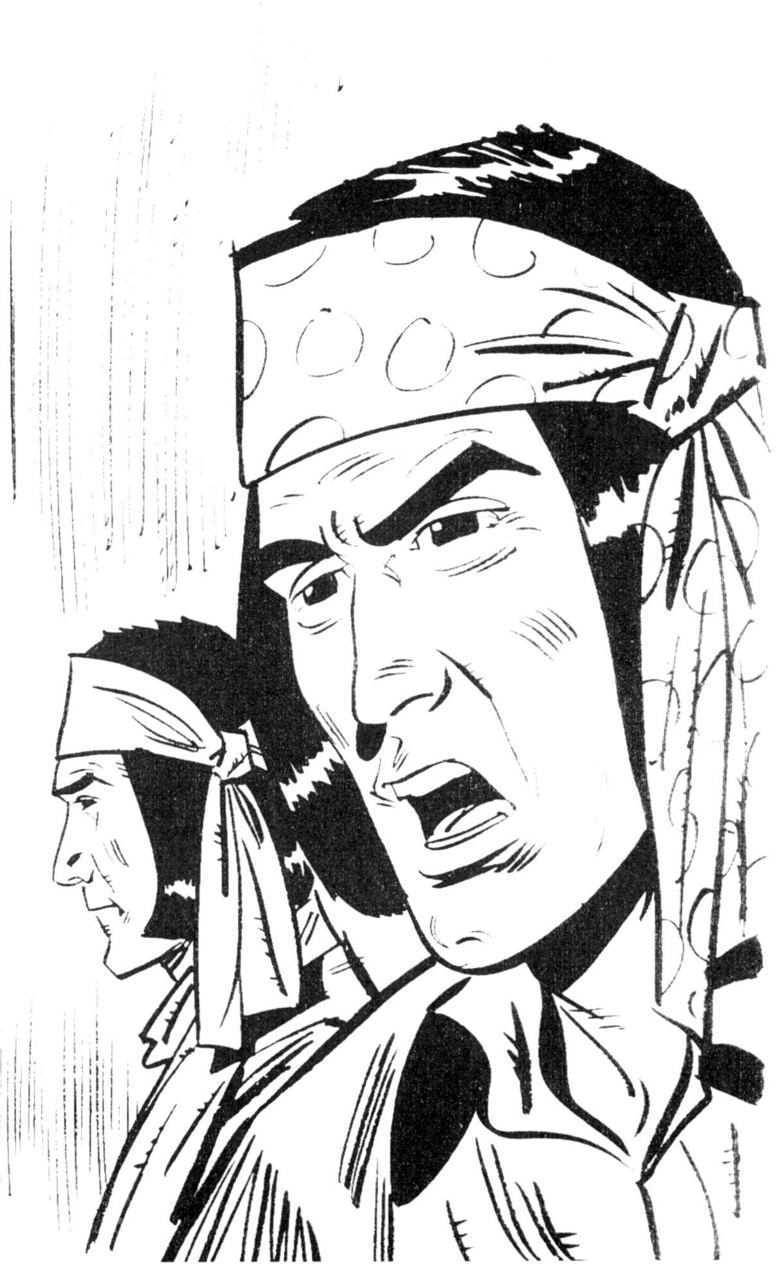

um cavalo tão seco e tão fraco como ele próprio, mas era assim não porque fosse uma característica física própria mas sim porque ele, Will, não tinha nada para dar de comer ao pobre animal.

— Então, decidi colocar um anúncio nos jornais de São Francisco — continuou.

— Com que objetivo? — indagou Emery, ansioso para tirar-lhe mais informações.

Will Dunker coçou a cabeça várias vezes, antes de decidir-se a continuar a história:

— Bem, o anúncio dizia assim: "Cavalo supersticioso, cederia suas quatro ferraduras por alguns quilos de cevada".

Ficamos como que perplexos e o mesmo Emery indagou:

— E o que aconteceu?

— Pois saibam que eu e o cavalo fizemos um grande negócio, pudemos encher nossos estômagos de alimentos, e tirarmos a barriga da miséria.

— Alguém se apresentou para responder ao anúncio?

— Você perguntou alguém? Apareceram às dúzias! Isso demonstrou que mais supersticiosos que meu cavalo eram os homens ansiosos, que queriam as suas ferraduras que eu, muito esperto, lhes entregava por dez, vinte trinta... Até por cem quilos de cevada!

— Um momento! — intervim por minha parte, para lhe instigar um pouco mais-. Os cavalos têm só quatro ferraduras.

— Certo, mas... quem podia adivinhar que estava lhes entregando as originais? Tive somente que descalçar meu pangaré e toda pessoa que chegava eu lhe apresentava seus cascos sem as ferraduras dizendo-lhe: "Aí está sr.: são as ferraduras do meu cavalo, que lhe trarão boa sorte". O tipo deixava a cevada e dali a poucos dias eu já poderia colocar um armazém de alimentos. Ficou claro?

Winnetou deu a conversa por encerrada, voltando a seu cavalo. Dali a pouco prosseguíamos a marcha, mas não na mesma direção que até então vínhamos seguindo. Isto nos causou surpresa e pedimos ao apache que nos esclarecesse esta troca de direção.

— Já avançamos muito e já não há que temer os magalones: eles não poderão encontrar nossas pegadas. Por isso me dirijo agora ao caminho pelo qual eles deverão passar. Pode ser útil que meus irmãos o conheçam.

Capítulo II

Chegamos a uma elevada estepe de aspecto seco e pétreo, não possuindo o menor vestígio de vegetação. Tivemos que atravessá-la para alcançar a uma colina que escalamos. Desde ela se divisava uma sucessão de montanhas que se perdiam no horizonte, apesar de nos encontrarmos um pouco a sudeste dos verdadeiros montes Magalones, ficando às costas da Serra Branca.

Era um grande panorama primitivo e agreste que realmente impressionava. Quando me detenho e observo a natureza, sempre penso na minha pequenez e na de todos os homens. Então me parece que somos simples e diminutas formigas que vão e vêm, se cansando por coisas sem importância e que não merecem tanta luta e esforço.

Por fim, quando já começava a anoitecer, descemos por um pequeno prado, cuja frescura e umidade do terreno nos proporcionava a água de que precisávamos. Chegamos a um grupo de arbustos que rodeavam um lago de águas transparentes e quietas, dando-nos a sensação de que éramos nós quatro os primeiros mortais que iriam agitar aquele lustroso espelho d'agua. O local era perfeito para um novo descanso e Emery perguntou:

— Paramos aqui?

— Não — respondeu Winnetou—. Somente deixaremos que nossos cavalos bebam água. Mas em seguida continuaremos o caminho. Desta forma poderemos, antes que a noite chegue de todo, atravessar o bosque que se encerra logo ali, na direção sul.

Will Dunker abriu a boca para protestar, quando, jogando-se do seu cavalo, o apache nos avisou:

— Ao chão todos! Vamos! Rápido!

Winnetou apontou em uma direção onde fixamos nossos olhares. O apache com seu olhar de lince, distinguira ao longe, cinco cavaleiros que precisamente vinham em nossa direção. Quase que podíamos afirmar que não haviam nos visto, mas obedecemos a ordem de Winnetou. Rapidamente empunhamos nossas armas, ainda que aquele reduzido grupo de homens não nos inspirasse demasiado terror.

Ficamos assim, escondidos atrás das árvores e ramas, esperando a chegada do cavaleiros índios, que ao passo de suas cavalgaduras de fina estampa, seguiam se aproximando. Quando a distância se tornou menor pudemos ver que eles levavam fuzis, mas não possuíam atada em sua montaria uma bolsa cheia que contivesse alimentos.

— São exploradores dos nijoras — nos esclareceu Winnetou — eles não estão pintados de nenhuma cor, mas não podem pertencer a outra tribo.

— Então são amigos — disse Emery.

— Sim, mas de longe, quem pode adivinhar? — opinou o apache.

Estavam distraídos, pois estavam bem próximos a nós e não se haviam dado conta que havia gente por ali. Certo que não podiam nos ver, mas um olho esperto não deixaria de descobrir nossas pegadas. Estas formavam uma espécie de linha escura sobre o verde mais intenso que não havia sido pisado, isso era imperdoável, ainda mais se tratando de exploradores índios. Eles cavalgavam com toda a segurança e despreocupação, e então, quando estavam a uns vinte passos de nós, sacamos os rifles por entre as folhagens e, no dialeto magalone, Winnetou gritou:

— Alto! Nem um passo mais!

Pararam imediatamente os cavalos, pondo-se a olhar em todas as direções, espantados. Não sabiam que rumo tomar, e ao ver sua indecisão, o apache voltou a ordenar-lhes:

— Aquele que mover seu cavalo receberá uma bala! Apeiem e joguem fora suas facas!

Finalmente conseguiram enxergar os canos de nossas armas, e isso terminou por desconcertá-los. Instintivamente, levantaram os braços, e um deles exclamou:

— Oh! O grande Manitu nos abandonou! Mas nossos irmãos nos libertarão!

— Não se pode libertar os mortos! — seguiu com sua voz possante Winnetou, para aterrorizá-los ainda mais.

— Vão nos matar! — gritou um deles, com voz aterrorizada.

— Obedeça e então veremos o que iremos fazer com vocês!

Aquele que parecia ser o chefe do grupo desceu do cavalo e lançou sua faca longe, seguindo o seu prudente exemplo seus outros quatro companheiros. Ficaram então em frente a seus cavalos, e esperaram a sorte que seus desconhecidos inimigos lhes reservavam. Foi quando Winnetou adiantou-se, sem deixar de apontar-lhes seu famoso rifle de prata:

— Merecem o nome de guerreiros aqueles que tão imprudentemente se confrontam com a morte?

Neste instante, eles o reconheceram, e quase a uma só voz começaram a balbuciar:

— Oh! Winnetou! O chefe dos apaches!

— Ele mesmo! E agora eu pergunto: estavam encarregados de levar notícias a seus chefe do que fazem os magalones?

— Assim é, grande Winnetou.

— E avançam com os olhos fechados, como se fossem cegos?

— Estamos confiantes de que os magalones não se mostrarão antes de três dias — disse um dos nijoras, que Winnetou chamou de imprudentes.

— Não é razão suficiente. Quando se cavalga, nunca se deve esquecer a vigilância. Mesmo que toda a força inimiga não possa estar aqui, devem pensar que bem podem evitar uma emboscada. Não agiram com a cautela própria de nossa raça!

— Winnetou é muito severo ao nos julgar — ousou protestar um, já mais tranqüilo.

— Silêncio! Quem os mandou nesta exploração?

— Nosso chefe, Flecha Rápida.

— Eu irei falar com ele. Peguem suas facas e montem seus cavalos. Venham conosco.

Livres da ameaça, obedeceram, e ao descobrir a nós três, nos saudaram com grande mostra de respeito. Quando nos sentamos junto ao guia, os cinco guerreiros nijoras mantiveram-se a uma respeitosa distância, mas na nossa frente, segundo indicou-lhes um gesto imperioso de Winnetou. O apache sabia como tratar aqueles homens meio primitivos, e logo aproximou-se deles para continuar trocando impressões. Os cinco levantaram-se ao vê-lo chegar, impressionados não só por sua figura, mas também pelo respeito que lhes causava o chefe de todos os apaches. Winnetou então perguntou:

— Deviam cavalgar os cinco juntos?

— Sim. Cada vez que houvesse uma notícia importante, um de nós a traria.

— E onde os seus estão os esperando?

— No Vale Negro.

— Contam com quantos guerreiros?

— No momento, com poucos, pois os outros ficaram para trás, caçando e fazendo os preparativos para a guerra. Ouvimos Flecha Rápida dizer que contaremos com a ajuda do grande Winnetou e seus amigos, os caras-pálidas.

— Reconhecem algum destes caras-pálidas?

— Não, não conhecemos nenhum.

— Aquele mais alto ali é Mão-de-Ferro.

Emery, Will Dunker e eu estávamos mais afastados, mas podíamos escutá-los. O olhar dos guerreiros nijoras fixaram-se em mim, e sempre com seu bom humor, Dunker gritou-lhes, ao ver a expressão de seus rostos:

— Fechem a boca, para que não engulam mosquitos! Tanto assombro assim só por conhecer Mão-de-Ferro?

E voltou-se para mim, sempre festivo, comentando zombeteiramente:

— Conforme-se, meu amigo. É o preço da fama!

Decidi levantar-me e me aproximar dos índios que falavam com Winnetou.

Capítulo III

Quando cheguei perto deles, desejando animá-los e respondendo ao que haviam dito a Winnetou, informei-lhes:

— Estávamos indo nos reunir com os nijoras, trazendo valiosas informações para o seu chefe. Mas como nós os encontramos, não será necessário que cavalguemos até o Vale Negro. Um de vocês regressará para junto de Flecha Rápida, comunicando a seu chefe o que queríamos lhe dizer. Os outros quatro ficarão conosco, para servirem de mensageiros, quando as circunstâncias assim o exigirem.

— O que pensam em fazer nossos irmãos? — perguntou um deles.

— Voltaremos até o Norte, para vigiar os magalones. Não nos disseram quantos guerreiros vocês têm.

— Somos quatrocentos.

Encontrei os olhos de Winnetou, fazendo-me uma muda pergunta, que respondi, ainda que dirigindo-me a um dos guerreiros nijoras:

— Se meus olhos não se equivocam, os magalones não alcançam esta cifra. Nunca estive no Vale Negro, onde os esperam, mas se o seu chefe o escolheu para o grande combate, deve ter suas razões.

— Mas não é o que convém agora. Os magalones vão deter-se no caminho e não deixarão de enviar batedores para examinar bem o terreno. Por isso seria melhor atacá-los antes que dêem conta de nossa presença.

Isto interessou-me, e perguntei ao nijora que havia nos dado essa informação:

— Conhece um bom lugar para isso?

— Sim, há um lugar que se chama Plataforma do Barranco, e que se encontra a umas duas horas do Vale Negro. Tem uma forma triangular, e o chão é de pedra. Creio que é um bom lugar para prender e vencer o inimigo.

Winnetou, ao escutar aquilo, pareceu tomar uma decisão, quando nos disse:

— Um de vocês partirá para dizer a Flecha Rápida que o encontro com os magalones não terá lugar no Vale Negro, e sim na Plataforma do Barranco. Diga-lhe que avance até ali e esconda a metade de seus guerreiros no bosque vizinho e a outra metade entre as rochas.

Os cinco guerreiros vacilaram e um deles atreveu-se a dizer:

— Mas nesse caso, os nijoras não poderão estar a cavalo.

— Não; deixariam os cavalos na retaguarda, vigiados por algum de seus guerreiros. Os outros trezentos subiriam até a plataforma, para dividir-se ali. Quando os magalones tentarem atravessá-la, encontrariam inimigos à esquerda, à direita e à frente. Os outro cem, já que disse contarem com quatrocentos guerreiros, irão se esconder mais embaixo, nas imediações da embocadura do atalho. Quando os magalones estiverem lá em cima, não poderão descer por ali, e a armadilha resultará perfeita.

Era justo reconhecer que aquele plano de Winnetou era próprio de um grande general estrategista. Não pude felicitá-lo, já que, imediatamente, ele perguntou aos nijoras:

— Conhecem os meus irmãos um lugar chamado Pinum Tota?

— Sim — afirmou aquele que parecia ser o chefe da expedição. — É uma altura que tem tantas curvas e voltas, que por isso deram-lhe o nome de Montanha da Serpente.

— Pois justamente para ali Flecha Rápida irá mandar os cem guerreiros, assim que falar com o mensageiro que estamos enviando agora. Quem de vocês é o mais rápido?

Os cinco índios entreolharam-se indecisos, e enquanto não se punham em acordo, eu acrescentei:

— O mensageiro também dirá a Flecha Rápida que os magalones já estão a caminho, não havendo portanto tempo a perder. Seguiremos o inimigo assim que encontrarmos os cem homens de sua tribo, para impedir-lhes a retirada tão logo eles alcancem a plataforma. Digam-me como se chama este sítio onde estamos agora.

— O Manancial Sombrio.

— Pois não se esqueça de dizer a seu chefe que nos encontrou aqui. Assim ele poderá calcular o tempo e as distâncias. Diga-lhe também que Mão-de-Ferrro espera que vigie bem o prisioneiro que lhe confiou.

Voltei-me para Winnetou então:

— Qual a distância daqui até a Montanha da Serpente?

— Como temos bons cavalos, umas três horas.

— Em qual direção está?

— Nordeste.

— Estamos vindo desta direção. Isso quer dizer que Jonathan Melton estará exatamente ali, chefiando seus cinqüenta guerreiros, para tentar nos caçar... Isto me dá uma idéia! Qual a distância que nos separa do Vale Negro onde está Flecha Rápida?

— Em um bom passo, poderíamos fazer em umas cinco horas.

— Pois vamos sem tardar mais para a Montanha da Serpente. Em cinco horas o mensageiro estará com seu chefe. Calculemos que ele demore uma hora para fazer os preparativos para a partida dos cem homens. De modo que dentro de onze horas podem estar no Manancial Sombrio, e em catorze, junto a nós, na Montanha da Serpente. Espero que consigamos prender Jonathan e seus guerreiros!

Emery seguiu meu raciocínio e objetou:

— Mas teríamos que segui-lo até a fortaleza asteca. Querem nos pegar, e como não nos encontrarão, chegará até ali, onde será informado que há tempos abandonamos o local. Antes que ele volte, teremos despachado os magalones, e então o esperaremos, mas não antes.

— Esquece-se de Judith — recordei-lhe.

— O mais provável é que tenha regressado para o seu castelo...

— Não acredito, Emery. Posso assegurar-lhe que ela dirigiu-se para Rochas Brancas. Não se esqueça que ela estava disposta a seguir Jonathan, e provavelmente já se pôs a caminho. Tem razões poderosas para não voltar. Em primeiro lugar, porque já havia feito uma boa parte do caminho quando nos encontramos, e em segundo lugar, porque tinha certeza que seguíamos as pegadas de Jonathan. O medo de que nós o apanhemos deve ter-lhe dado ânimo para seguir até Rochas Brancas, com

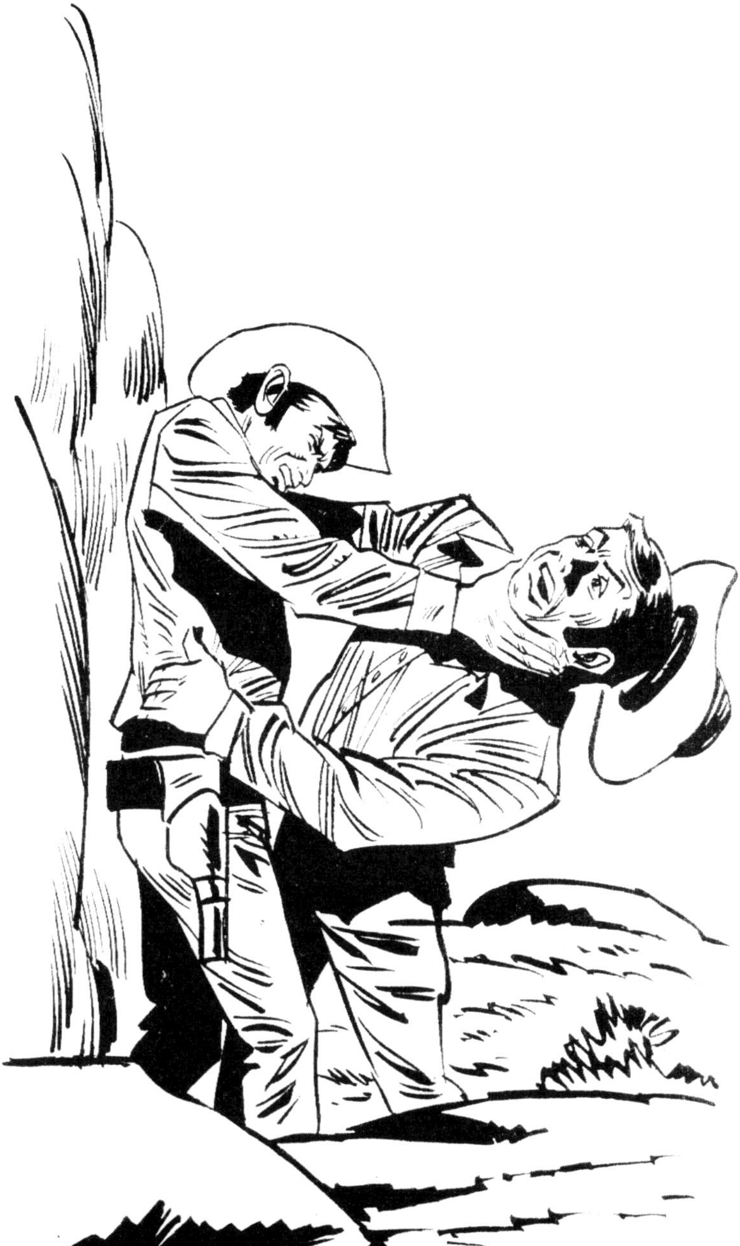

a intenção de adverti-lo do perigo. Se for assim, deverão ter-se encontrado pelo caminho, o que significa que ela lhe dirá que vamos para Rochas Brancas e, sem perda de tempo, Melton deverá ter voltado para avisar seus aliados magalones.

Notei que Emery vacilava, e insisti:

— Tenho ou não razão?

— Não digo que não. É bem possível!

— Se minhas conjecturas estão certas, ainda podemos encontrar Melton antes que ele consiga reunir-se com os magalones. Se nesta ocasião já estivermos com os cem guerreiros nijoras, poderemos capturá-lo facilmente, e vencer seus cinqüenta guerreiros. Assim, obteríamos duas vantagens: os magalones teriam que lutar com cinqüenta homens a menos, e Jonathan estaria praticamente em nossas mãos.

Winnetou havia permanecido em silêncio nos escutando, até que aprovou:

— Meu irmão tem razão. Marchemos velozmente até a Montanha da Serpente, onde devem reunir-se conosco, o mais rapidamente possível, cem guerreiros nijoras. Vamos enviar o mensageiro para Flecha Rápida, com o aviso de que execute fielmente o que estamos pedindo.

Minutos depois, um dos cinco nijoras partia para transmitir a seu chefe as instruções, e nós ficamos com a esperança de que Flecha Rápida aceitasse nossos planos de bom grado.

Na Montanha da Serpente

Capítulo Primeiro

Possivelmente o leitor deve estar surpreendido por nada mais ter dito a respeito da carteira que recolhi na tenda de Jonathan Melton. Não vou negar que queimava de desejo em examinar detalhadamente seu conteúdo, mas, ao mesmo tempo, a verdade era que me repugnava abri-la, sem que estivessem presentes seus legítimos donos.

Talvez fosse um escrúpulo absurdo, mas não era eu o único a pensar assim, já que meus companheiros também não fizeram menção alguma à misteriosa carteira. Só Dunker, movido por seu jovial temperamento, aproximou-se de mim sussurrando:

— Você é um lince, amigo. Pensa em tudo, e tudo prepara. Mas, esqueceu-se de "algo".

Seus olhos tinham um brilho malicioso, e eu perguntei:

— A que se refere, senhor Dunker?

— Refiro-me à carteira!

— Ah, sim! A carteira! — repeti, algo confuso.

— Devia o senhor tê-la aberto a muito tempo. Não pensou que esse Mel..., esse Jonathan, pudesse ter escondido seu butim em outro lugar?

Era algo que não havia pensado. Eu havia me apoderado daquela carteira de pele, sem comprovar seu conteúdo. Mas exclamei:

— Pois tem razão! Existe esta possibilidade!

— Ande, homem! Seja razoável e reviste o interior

desta carteira. De minha parte eu lhe direi que, quando tenho uma noz no bolso, gosto de saber que ela não está seca.

— Você e seus ditos e casos, Dunker.

— Acaso não tenho razão? É indispensável que saiba o que possui. E se só estiver guardando um monte de papéis sem nenhuma importância, e o verdadeiro tesouro lhe escapa?

Sorriu divertido com suas próprias idéias, acrescentando então:

— Não creio que o senhor Vogel e sua irmã vão lhe agradecer se aparecer com uma carteira vazia. E isso depois de ter se sacrificado por eles mil vezes.

De certa forma, Will Dunker tinha razão. Por isso peguei a carteira e a abri, esquecendo totalmente meus escrúpulos. A carteira tinha a forma de um talão de cheques, e não havia vestígios de umidade nela. Cada pacote estava amarrado em um pedaço de couro, sendo amarrado com um pedaço deste mesmo material. Separei a última e, sem necessidade de abrir todos os pacotes, pude ver que ali estavam recibos dos principais bancos do mundo. Assim ali havia recibos de depósitos nos Estados Unidos, França, Inglaterra e Alemanha, tudo identificado caprichosamente nos envelopes. Seu total somava uma cifra enorme; uma verdadeira fortuna!

— Com os diabos! — disse Will Dunker, abrindo muito os olhos. — Aqui estão milhões, meu amigo! Milhões!

— Realmente, Dunker.

— Que lástima que o velho Hunter não fosse meu tio! Bom, teria me conformado se fosse apenas um parente distante, desde que fosse também seu herdeiro.

Coloquei os envelopes novamente na carteira, fechei-a bem e a guardei com extremo cuidado. Mas ao fazê-lo, vi que ali estavam alguns papéis.

Momentos depois abandonamos o Manancial Sombrio, para nos dirigirmos em direção ao Nordeste. Como sempre, Winnetou desempenhava as funções de guia, levando-nos por um terreno que não tinha nada de notável. Assim chegou a noite, e sem dizer-nos o porque, o apache continuou cavalgando.

Ao contrário da noite anterior, o céu estava claro e a atmosfera era tão pura que nos permitia ver à distância. Transcorreram as três horas calculadas, as quais havíamos marchado a trote largo com os cavalos, quando vimos elevar-se à nossa frente uma imensa massa sombria.

— Aí está, meus irmãos, a Montanha da Serpente — indicou-nos Winnetou.

Nós nos detivemos junto a um manancial, onde pensamos em acampar, mas Winnetou, mudando o tom de voz, ordenou-nos:

— Silêncio! Nem um passo mais!

Diante deste aviso, nós nos inclinamos para a frente, colando a mão diante do focinho de nossos cavalos; era uma forma de impedir que pudessem relinchar. Tudo ficou em silêncio e, sussurrando, perguntei ao apache:

— O que foi, Winnetou? Escutou algo?

— Não, mas sinto o cheiro de fumaça.

Parecia orientar-se por seu fino olfato, e logo localizou:

— Deve vir do início do manancial. Esperem aqui, meus irmãos.

Sem dizer uma só palavra, desmontou, entregando-me as rédeas e desapareceu no cerrado matagal. Nós demos a volta e retrocedemos um pedaço, detendo-nos quando nos pareceu estarmos em um lugar que não pudéssemos ser facilmente descobertos. E ali, com os nervos tensos pela espera, tivemos que aguardar o regresso de Winnetou.

Com toda franqueza, devo confessar que meu olfato havia falhado ali. Não havia percebido odor algum, e como Winnetou estava mais acostumado que todos nós a viver com os sentidos em alerta, devia ter razão. Ao regressar, vimos que ele não estava agachado, sinal evidente de que não tínhamos que temer perigo imediato.

— Meus irmão irão se alegrar ao saber quem eu avistei — anunciou-nos.

De todos os que estavam ali, Will Dunker era o mais curioso e inquieto, sendo ele o primeiro a indagar:

— Quem?

— A mulher que se chama Judith...

Emery, com um gesto de desagrado, opinou:

— Bem. Suponho que agora vocês me escutarão e aprisionaremos esta mulher. Se continuarmos a deixá-la em liberdade, algum dia ela nos causará sérios desgostos.

— Nós a pegaremos — disse Winnetou.

— Vamos perdoá-la outra vez? — insistiu o inglês.

— Ela irá se encontrar com Melton — disse o apache, a título de explicação.

Havia dito aquilo com tanta certeza, que eu mesmo me surpreendi e perguntei-lhe:

— Não duvida Winnetou deste encontro? A mim não me parece tão certo.

— Pense meu irmão: se Jonathan não é cego ou se os seus cinqüenta guerreiros magalones têm os olhos abertos, forçosamente ele se encontrará com esta mulher branca. Já disse que o caminho do povoado está situado a meia hora daqui. Esse terreno é plano e nele não se encontra nenhuma elevação. A mulher branca acendeu uma fogueira enorme junto ao manancial; tão grande que ela poderia assar um búfalo inteiro. As chamas elevam-se de tal forma que seu resplendor pode ser visto a uma grande distância. Sendo que o manancial onde esta mulher e seus índios yumas estão acampados é o que tem a melhor água da região, os magalones de Jonathan irão acampar aqui. É difícil supor que escolherão justamente este lugar para passar a noite?

— Seu raciocínio é lógico, Winnetou — disse-lhe. — Aceito sua opinião!

Capítulo II

Retrocedemos até alcançarmos as primeiras elevações orientais da Montanha da Serpente. Nós a rodeamos porque sabíamos que só na sua parte sul, com certeza, não seríamos descobertos. Emery, Will Dunker e os quatro guerreiros nijoras que nos acompanhavam deviam permanecer ali, enquanto Winnetou e eu nos encaminhávamos novamente para o outro lado da montanha, para ali fazermos nossa investigação.

Quando voltamos para perto do lugar onde o apache havia sentido o cheiro de fumaça, meu amigo encaminhou-se para a esquerda, seguindo a direção empinada da montanha, protegido pelas árvores que cresciam ali em grande quantidade. Quando chegamos ali, já não brilhava nenhuma estrela, e a escuridão era quase completa ao nosso redor.

Até que por fim, de longe, vislumbramos o resplendor do fogo, que se filtrava por entre as árvores. Arrastamo-nos pelo solo, aproveitando a sombra delas, até que nos encontramos em frente ao acampamento de Judith e seus fiéis yumas. A água que brotava das rochas corria livremente, e a queda era tão brusca, que parecia impossível descer por ali. Mas naquele acentuado declive, cresciam numerosos pinheiros, tão perto uns dos outros e tão frondosos, que seus galhos robustos ofereciam um excelente esconderijo.

Para situar o leitor, direi que, próximo a nós, à esquerda, brotava o cristalino manancial por entre as rochas. À direita, uma gigantesca pedreira elevava-se em linha reta até o alto da montanha. Parecia quase impossível que no lugar onde estávamos pudesse um homem subir, ou melhor dizendo, dois.

A água, antes de começar sua queda, formava um pequeno remanso, que não chegava a ter três metros de largura. Do outro lado estava sentada a formosa Judith, diante de uma espécie de cabana que sem dúvida seus índios haviam construído, usando galhos entrelaçados; aquele era um luxo que só se podia permitir uma dama de tanta categoria, que ainda exercia forte influência sobre aqueles índios.

Um dos índios estava sentado diante da mulher, a pouca distância do fogo, falando com ela em voz não muito alta, mas que não obstante chegava perfeitamente até nós. Creio que Winnetou também reconheceu aquele yuma: era o que havia nos traído, quando nos ofereceu sua casa, marido da índia que nos ajudou a penetrar na fortaleza asteca de Judith.

Tive que reconhecer que Winnetou havia sabido orientar-se perfeitamente na escuridão da noite, pois nosso local de observação era estupendo; mas me dei conta que ele encerrava um grande perigo para nós. Os galhos sob os quais estávamos abaixados eram tão baixos, que resultava muito difícil deslizar-se por baixo deles, sem resvalar ou fazer ruído ao quebrarmos os pequenos brotos. E se isso acontecesse, certamente seríamos ouvidos...

Só a reconhecida maestria de Winnetou era capaz de conseguir tal proeza. E eu o seguia pela simples razão de que não tinha outro remédio senão imitá-lo.

De todo jeito, podíamos nos considerar com sorte: havíamos encontrado um bom esconderijo onde podíamos escutar tudo o que nos interessava. Agora, parecia que Judith e aquele traídor estavam falando de nós, tal como nos deu a entender o final da frase do índio, que dizia:

— ... e o cara-pálida cometeu um erro lamentável. Não devia tê-los atacado quando estavam em minha casa. Minha casa os protegia, e acreditaram na minha amizade. Digo-lhe que este ataque só serviu para fazê-los mais precavidos e para que percebessem que eu não era seu amigo. Meus esforços para entregá-los a Jonathan Melton foram em vão.

— Esqueça isso, já passou. O que precisamos fazer agora é não falhar, se eles tornarem a ficar novamente a nosso alcance!

— Podíamos ter terminado com eles quando dormiam, aquela noite. Mas os outros insistiram em esperar a luz do dia..., isso foi outro erro!

— Quer parar de ficar enumerando erros? — gritou a judia ao índio.

— Creio que assim evitaremos cair em outros de novo — resmungou o yuma, ainda que houvesse humildade em sua voz.

— Onde acha que eles estão agora?

— Certamente foram para Rochas Brancas. Nós os cercaremos ali. E asseguro-lhe, minha senhora, que quando os encontrar, não descansarei enquanto não colocar em meu cinto os escalpos de Winnetou e Mão-de-Ferro.

Aquele desejo devia ser muito forte nele, porque ao falar assim, sacou sua faca e a brandiu no ar com ferocidade. Isso mostrava que aquele índio era duro e cruel, mesmo para a sua raça.

— Não poderá obter os escalpos que tanto deseja — disse a mulher, como se apreciasse contradizer seu fiel servidor.

— Por que não, senhora? Pertencem a mim!

— Porque quando chegarmos a Rochas Brancas e dissermos a Jonathan e aos magalones que eles escaparam e estão se dirigindo para lá, não duvido que partirão em sua busca. E assim eles ficarão com o escalpo destes desgraçados, e você... Você ficará sem esses troféus!

Um gesto de decepção e desagrado desenhou-se no rosto curtido daquele índio com alma assassina. Tentou protestar novamente, mas algo o distraiu. Eram as exclamações vindas do grupo de seus companheiros, algo mais afastados da fogueira.

O que estaria acontecendo?

A Reunião

Primeiro Capítulo

Logo soubemos que a causa da agitação dos índios que acompanhavam Judith devia-se ao fato de terem visto sair do matagal um homem.

Porém se eles, no mesmo instante em que o reconheceram, acalmaram-se, o mesmo não aconteceu conosco. Era Jonathan Melton!

Judith levantou-se prontamente, afastando-se da fogueira, para correr em direção ao bandido, exclamando cheia de alegria:

— Jonathan! Oh! Até que enfim!

— Judith! — gritou ele também.

E Jonathan correu em sua direção, e enquanto se abraçavam e trocavam beijos apaixonados, começaram uma série de perguntas e respostas de uma só vez, que só se transformou num tranqüilo diálogo depois que eles se acalmaram.

— Venho de Rochas Brancas — explicou ele. — Ia para o castelo asteca, te buscar e saber se aqueles desgraçados ainda permaneciam ali. Tenho que terminar de uma vez por todas com eles!

— Já não estão mais lá, Jonathan. Partiram em direção de Rochas Brancas.

— Mil diabos! Sabe se tomaram a sua dianteira ou se ainda estão para trás?

— Creio que tomaram a dianteira.

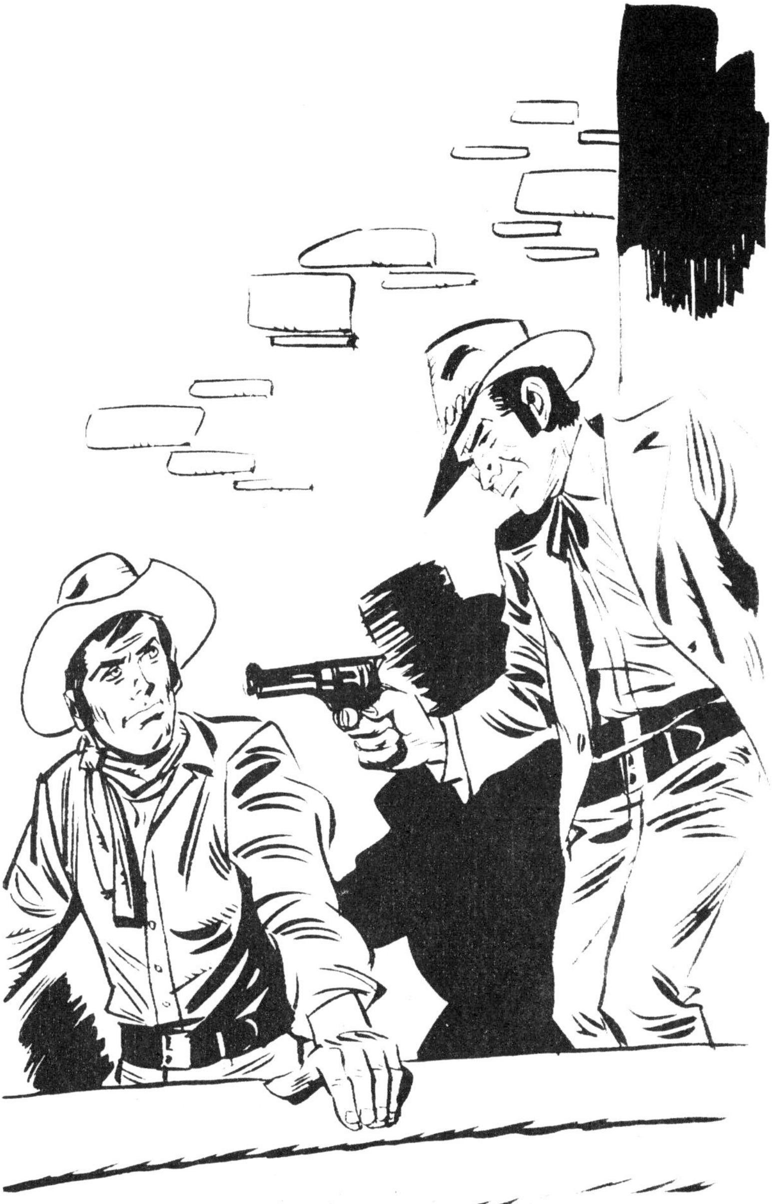

— Isso quer dizer que saíram do castelo asteca antes de você e desses yumas. Não é isso, Judith?
— Sim.
— Qual a vantagem que devem ter, então?
— Não posso calcular. Nós viemos depressa. Temia que acontecesse alguma desgraça com você.
— A única desgraça que me aborrece é saber que ainda não os esmagamos. Mas que vantagem eles devem ter? — tornou a insistir ele.
— Uma boa vantagem. Pegaram-me no caminho, e me arrastaram para um lugar solitário e selvagem, abandonando-me ali. Não conhecia o terreno e fiquei vagando todo o dia de um lugar para outro, tentando orientar-me. Foi horrível, Jonathan! Passei a noite sozinha naquele lugar, que parecia um deserto, até que meus yumas me encontraram.
— Que má sorte! Este atraso permitiu-lhes ganhar um dia inteiro. Aumentaram a sua vantagem! Mas me alegro que tenham lhe deixado em liberdade, Judith.
— Não creio que o fizeram por compaixão. Não queriam que eu atrapalhasse a marcha deles e, além disso, acho que tiveram medo que eu aprontasse alguma das minhas com eles.
— O importante é que voltamos a estar juntos. Estou pensando que é possível que esta manhã mesmo já tenham chegado a Rochas Brancas. Malditos sejam! Como ia prever isso! O que me espanta é que não vimos pegada alguma.

De nosso observatório, nós o vimos dar passos nervosos, como se estivesse refletindo. Novamente parou diante da mulher que estava junto ao fogo e indagou:

— O que aconteceu com o jovem Vogel? Eu o deixei encerrado naquela galeria do castelo. Ainda está lá?
— Não. Mão-de-Ferro o libertou. Está com eles.

Batendo o pé raivosamente, Jonathan voltou a maldizer furiosamente:

— Sorte desgraçada! Tudo nos sai mal, Judith! O que está acontecendo? Como conseguiu encontrá-lo? Ou você cometeu alguma imprudência, Judith?

— Nada tem para me censurar, Jonathan. Não cometi nenhum descuido, nem disse-lhe nada. Mas o diabo deve ter-lhe mostrado o caminho, ou a casualidade. Esse homem é muito astuto e perigoso!

— O índio também. Não podíamos estar enfrentando inimigos piores!

— Você não imagina o desprezo com que me trataram... A mim, uma dama! — queixou-se ela.

— Como? Eles maltrataram você?

— Não, mas suas palavras pareciam chicotadas açoitando meu rosto.

— Tenho que agarrá-los. Tenho que fazer isso, Judith. Não viveremos tranqüilos enquanto eles viverem.

Tornou a caminhar nervosamente, e como para justificar diante da mulher seu ódio por nós, repetiu:

— Têm que morrer com nosso segredo. Compreende? Se não for assim, não poderemos estar tranqüilos em parte alguma, nem com todos esses milhões.

Melton silenciou repentinamente, e olhando para o grupo de yumas que, prudente e respeitosamente mantinha distância, perguntou:

— E meu pai? Por que não veio com você?

— Está com eles também. Fizeram-no prisioneiro no castelo.

— Como? Mas como puderam andar por ali sem que ninguém os visse? O que os yumas fizeram?

— Winnetou conseguiu convencê-los a não fazerem nada, e eles não intervieram. Ameaçou-os, dizendo que lançaria sua tribo contra eles, esmagando-os.

— Outra desgraça! Menos mal que meu pai levava a parte dele escondida entre as botas e as roupas.

— Encontraram tudo, Jonathan — confessou a mulher.

— Isto é o cúmulo! Como conseguiram encontrar este dinheiro?

— Aquele selvagem Winnetou colocou a faca no rosto de seu pai. Creio que ia matá-lo e...

— Meu pai é um covarde! Winnetou nunca o teria morto a sangue frio. Só fez isso para assustá-lo.

— Ele teria feito isso, se seu pai não tivesse dito onde escondia o dinheiro!

— Não seja ingênua, Judith. Creio que esquece algo muito importante, e que nos dá a única vantagem sobre nossos inimigos. Mão-de-Ferro é muito católico. Sua religião não permite que ele faça certas coisas, e seu grande amigo Winnetou segue seu exemplo cristão. Repito que só ameaçou meu pai para pressioná-lo! E o estúpido caiu na armadilha... Que grande covarde!

Para aquele louco ambicioso, o que parecia contar mais era que nós tivéssemos encontrado o dinheiro que seu pai levava escondido. O fato de que ele agora fosse nosso prisioneiro não pareceu de grande importância para ele. Furioso e irritado, foi sentar-se perto do fogo, passando as mãos pela cabeça, com ar desesperado. Judith sentou-se junto a ele, tentando em vão acalmá-lo, e durante alguns minutos o homem nada falou, entregue à sua própria obsessão, que o consumia.

Depois de beber água do manancial que a mulher lhe ofereceu, ele acalmou-se e escutou-a sem interromper uma só vez, ainda que em seus olhos se adivinhasse sua ansiedade. Quando a mulher terminou, mais sossegado, ele teve que reconhecer:

— Tem razão, Judith: nada tenho a lhe censurar. Agiu da melhor forma possível diante de toda essa série de circunstâncias infelizes. O pior é que esses homens têm faculdades extraordinárias. Em troca, nós agimos com grande ineficácia, e só agora me dou conta disso. Se não fosse assim, agora estaríamos desfrutando com toda a tranqüilidade dos milhões desta imensa fortuna. E nossa pior falha foi não ter exterminado esse condenado apache e seu amigo. O inglês é menos temível, e sem seus companheiros, nada teria tentado contra nós.

— Ainda há tempo para corrigirmos este erro, Jonathan — disse Judith, com sua costumeira animação.

— Tempo?

— Sim. Quando voltarem a estar ao nosso alcance, recuperará o dinheiro que seu pai trazia.

— Sim, Judith, mas para isso...

— Nada melhor que libertá-lo!

— Vou ser franco com você, minha querida. Meu pai não me é demasiado importante, e não me arriscarei por causa dele. Claro que, como esses cretinos estão com o dinheiro que roubaram dele...

— Agrada-me sua franqueza, Jonathan. O importante, para você e para mim, é o dinheiro. Depois de tudo, ainda que ele não o confesse, seu pai matou seu tio Henry. Pelo menos foi o que disse Mão-de-Ferro e o índio.

— Outro safado também, meu tio Henry! Não tenho porque lamentá-lo! Um a menos para repartir a fortuna, Judith!

Sem conseguir evitar, senti um enorme mal-estar ao ouvir falar assim aquele homem, para quem os laços familiares nada importavam. Só se interessava pelo dinheiro, os milhões daquela grande fortuna que havia roubado, depois de mandar seu pai assassinar a seu amigo Small Hunter e apresentar-se em Nova Orleães com falsa identidade.

Isto tudo me causava repulsa, e meus nervos se crisparam ainda mais ao ouvi-lo dizer:

— Tanto um como o outro, para se salvarem, teriam até me vendido.

— Mão-de-Ferro disse que seu pai matou seu tio Henry porque estavam brigando pelo único cavalo que lhes restou para continuarem a fuga.

— Teriam me apunhalado também!

— Céus, Jonathan! — exclamou, algo aterrada, Judith. — Você acha que ele seria capaz disso?

— E por que não? Quem é capaz de apunhalar o irmão, seria capaz de apunhalar o próprio filho.

— Não o faria!

— Não seja ingênua! Ambos me tirariam do caminho, se pudessem escapar sozinhos com todo o dinheiro. Eu os conheço bem, querida!

Fez uma pausa, balançando a cabeça divertido, antes de acrescentar:

— Tanto é assim que, para evitar isso, fugi com você e não com ele. Não queria que ele soubesse onde eu escondia o dinheiro no castelo. Eu o libertarei porque isso não me causará nenhum trabalho adicional, uma vez localizemos nossos inimigos; mas depois, me separarei dele.

Fez um gesto com as mãos, para terminar:

— E chega deste assunto, Judith. O principal agora é saber se Winnetou e seus amigos estão indo para Rochas Brancas. No fundo tivemos sorte em aprisionar o advogado de Nova Orleães.

Agora foi a vez de Judith surpreender-se:

— Murphy está em seu poder?

— Sim. Este advogado de meia-tigela encontrou-se com Maria Vogel em Albuquerque. Puseram-se de acordo e viajavam juntos quando os índios magalones os capturaram.

Judith pensava em algo, já que demorou para responder a Jonathan:

— Sim, Jonathan... É muita sorte. Não podíamos ter azar sempre. Porque esses dois também devem... devem...

— Não precisa dizer, querida. Nós nos ocuparemos deles assim que voltemos a Rochas Brancas. Mas antes os magalones têm que terminar sua expedição guerreira.

— Uma expedição guerreira, agora?

— Perdoe-me, Judith. Esqueci-me que você nada sabe disso. Sim, os magalones querem atacar os índios nijoras. Como sempre nestes casos, os anciãos, mulheres e crianças ficaram para trás. Por certo que também queriam deixar ali o advogado e Maria Vogel. Custou-me muito para convencê-los que os trouxessem junto com seus guerreiros.

— Não estariam mais seguros no acampamento?

— Não. Aqui não podem ser libertados por ninguém. Havia já pensado na possibilidade de Winnetou e seus homens chegarem até Rochas Brancas.

— Como conseguiu a amizade dos magalones?

— Graças a você, querida Judith. Vento Forte deve ter sido muito amigo de seu marido, o chefe yuma. Mas tive que convencê-lo de que Mão-de-Ferro e Winnetou estavam dispostos a se unir aos nijoras contra eles, porque os consideravam seus inimigos.

Jonathan Melton moveu as mãos com ar duvidoso, dizendo algo que Winnetou e eu escutamos com suma atenção:

— Não sei, querida... Mas não me fio muito no chefe dos magalones. É um índio nobre e leal, e não me espantaria se nos traísse. Claro que o utilizarei enquanto puder.

— Por que diz isso de Vento Forte?

— Francamente, Judith! Odeio os índios honrados. Começou dizendo-me que respeitava Winnetou e Mão-de-Ferro, pois esses homens gozam de certa fama entre os selvagens. Claro que quando inventei-lhes uma mentira, dizendo como estes dois haviam se portado com os yumas na fortaleza asteca, mudou radicalmente de atitude.

— O que você disse?

— Mil barbaridades, meu amor! Disse que eles haviam matado e roubado as mulheres e crianças yumas, que entraram no castelo disparando a torto e a direito...

Pareceu recordar outra coisa, pois foi sorrindo que ele prosseguiu:

— Mas não tema nada; agora os magalones ardem de desejo de acabar com eles também. Primeiro, porque disse-lhes que eles estão lutando ao lado dos nijoras, e depois, por outro motivo...

— A que se refere?

— A Will Dunker, o guia que levava Maria e o advogado. Também o aprisionaram, mas o espertalhão conseguiu fugir do acampamento dos magalones, levando o cavalo do chefe... O homem está louco de raiva!

— Acredita que ele uniu-se a Winnetou e seus homens?

— Tenho certeza disso.

— Em que se baseia?

— Pense um pouco, querida Judith. Will Dunker é um famoso guia e explorador e... Mão-de-Ferro também o é, ainda que de outra categoria. Entre os homens do Oeste famosos, todos o conhecem ou, pelo menos, o respeitam.

— Isto que está me dizendo, me faz pensar, Jonathan.

— Em que, Judith?

— Se este Will Dunker tropeçou com Winnetou e seus homens, a esta hora já devem estar sabendo que os magalones pretendem atacar os nijoras.

— Sim, há esta possibilidade.

— O que quer dizer que talvez tenham mandado avisar a tribo dos nijoras que eles correm o perigo de serem atacados pelos magalones.

— E daí? De todo jeito, serão esmagados!

Pareceu desinteressar-se daquele assunto, e apontando para além da fogueira, disse para a mulher:

— Vento Forte confiou-me cinqüenta de seus melhores guerreiros para capturar Mão-de-Ferro e Winnetou. Não estão muito longe daqui, e já nos dispúnhamos a acampar, quando vi o resplendor de seu fogo. Paramos, e eu mandei um batedor. Quando regressou, disse-me ter visto uma mulher branca com uns índios yumas. Como é natural, pensei no mesmo instante em você, e me adiantei sozinho para confirmar minhas suspeitas. Vou buscar os magalones e trazê-los para cá. E então, você se juntará a nós.

Melton levantou-se, e a mulher o imitou, perguntando receosamente:

— Esses índios irão tratar os meus com amizade?
— Eles me obedecem em tudo.
— E entre eles... Sua fortuna está a salvo, Jonathan?

Ao ouvir isso, ele golpeou a maleta que eu tão bem conhecia, e que trazia pendurada ao ombro, dizendo confiantemente:

— Não pense que confio neles cegamente. Aqui estão os meus milhões!
— E esses índios sabem que leva uma verdadeira fortuna aí?
— Acha que sou um imbecil? Jamais diria nada a estes selvagens. Fique tranqüila e espere aqui. Vou em busca dos índios.

Pouco depois, do nosso observatório, já não podíamos mais ver Jonathan Melton: as sombras da noite o tragaram, e uma vez mais, tendo-o ao alcance de nossas mãos, nós nos víamos obrigados a não fazer nada para capturá-lo.

A medida era prudente: não distante dali, cinqüenta guerreiros magalones esperavam e teriam podido intervir se Winnetou e eu tivéssemos tentado algo.

O Campo de Batalha

Capítulo Primeiro

Para nós, aquela conversação foi de grande utilidade. Os dois haviam conversado em inglês, e sem baixar a voz, convencidos de que os yumas que acompanhavam Judith não podiam entendê-los. Por outro lado, como iriam suspeitar que, justamente os dois homens que mais odiavam estavam os espionando?

Aproximei-me do apache para dizer:

— Vamos embora.

Mas Winnetou segurou-me, dizendo em um tom tão baixo que quase não consegui entendê-lo:

— Não. É melhor esperar a chegada desses cinqüenta guerreiros magalones.

— É perigoso. Podem nos descobrir!

— Será difícil, com a animação e o ruído que eles vão produzir.

Tinha razão. Winnetou sempre pensava em tudo, e neste caso também teve razão. Não tivemos que esperar muito para ouvir o trotar dos cavalos dos magalones. Faziam tanto barulho que, sem temor algum, Winnetou e eu podíamos conversar sem que nos escutassem. Mas nos mantivemos em silêncio, e naquele mesmo observatório, até nos certificarmos que nada mais que pudesse nos interessar seria dito.

Seguimos pelo mesmo caminho novamente, e assim que deixamos para trás o bosque e seu espesso matagal, nos encontramos em campo livre. Enquanto rodeávamos a montanha, para nos unir a nossos companheiros, disse ao apache:

— Tudo aconteceu como Winnetou previu. Os magalones quiseram acampar e vieram em direção à fogueira. Agora recordo que também disse que podíamos capturá-los a todos. Isso também será verdade?

— Sim, em Águas Profundas.

— Mas teremos que esperar aqui os guerreiros nijoras. Isto nos fará perder um tempo precioso. Jonathan quer sair de madrugada, segundo escutamos.

— Nós iremos antes ao encontro dos nijoras. Se seu chefe tiver seguido fielmente as instruções que demos ao mensageiro, os encontraremos a tempo e chegaremos a Águas Profundas antes dos homens deste assassino.

Eu não conhecia aquela região, e por isso tornei a perguntar:

— Essas águas de que fala, é um lago, verdade?

— Há muito tempo, ali estava situado um monte que vertia fogo por seu topo. No Novo México e no Arizona há muitos semelhantes. Esse monte ruiu, por conta de um tremor de terra, deixando uma fossa profunda, no qual se reúnem as águas.

— Há possibilidade de nos escondermos ali?

— Sim. Meu irmão verá, quando chegarmos.

Havíamos deixado a planície sem sentirmos, para chegar à elevação oriental, vendo já dois homens que vinham ao nosso encontro. Ficamos tranquilos ao reconhecer Will Dunker e Emery, a quem perguntei:

— Estavam vindo nos buscar? Não combinamos isso!

— Estávamos impacientes.

— Já vão ficar sabendo de tudo. E os quatro nijoras?

— Cuidando de nossas coisas no acampamento — disse Emery.

Quando chegamos ao local onde estavam, a primeira coisa que Winnetou fez foi aproximar-se daqueles homens, para perguntar-lhes:

— Algum de meus irmãos conhece o caminho por onde devem vir os cem guerreiros de sua tribo?

Um deles, levantando-se em respeito ao chefe apache, confirmou:

— Sim, conhecemos o caminho que irão seguir.

— Pois monta em seu cavalo e galopa a seu encontro. Diga-lhes para nos encontrarem no caminho, e que devem apressar-se o mais possível. Quando houver lhes comunicado isso, segue sua rota até chegar ao chefe, e anuncie-lhe que os guerreiros magalones acamparão amanhã à noite no Manancial Sombrio. Assim, depois de amanhã, ao meio-dia, chegarão à Plataforma do Barranco. Flecha Rápida deverá chegar com a antecipação necessária para que seus trezentos homens possam esconder-se antes que o inimigo se apresente. Compreenderam?

— Sim.

Mas Winnetou, desconfiando da memória daqueles jovens guerreiros, pediu-lhes que repetissem tudo o que lhes havia contado.

Assim o fizeram, e só então partiram para o sul, para cumprirem sua missão.

Pouco depois nós nos sentávamos para repor as forças, e comer algo.

Capítulo II

Em breves palavras informei a nossos amigos de tudo o que havíamos visto e escutado no acampamento de Judith. Emery alegrou-se muito ao pensar que, se tudo saísse como Winnetou calculava, no dia seguinte Jonathan Melton poderia estar em nosso poder.

Por sua parte, Will Dunker também fez seus comentários, voltando a recordar o dinheiro que eu guardava naquela carteira:

— Esse bandido não se deu conta que já lhe tomaram a sua fortuna.

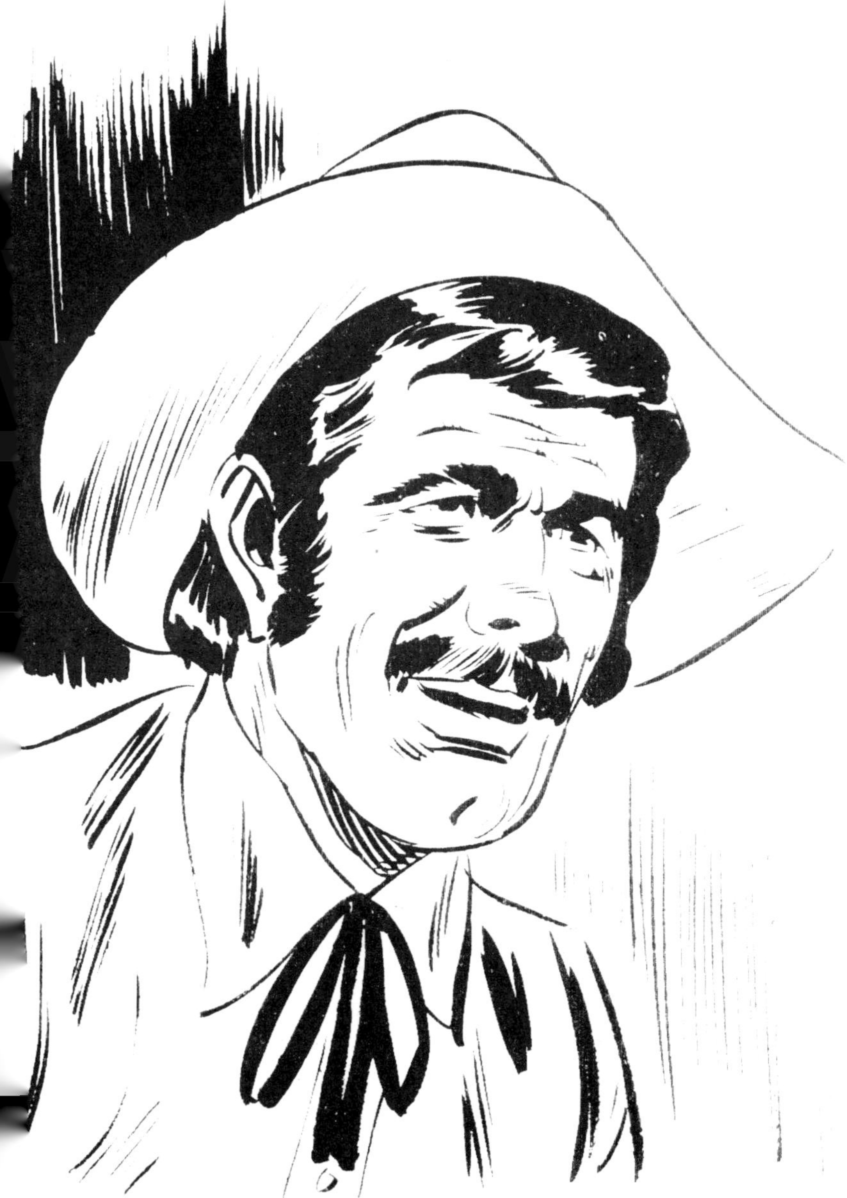

Ao olhar-me, percebeu que eu havia ficado aborrecido com a menção do dinheiro, e ele desculpou-se acrescentando:

— Perdoe-me, amigo. Eu não quis dizer que você roubou nada deste canalha. Eu me referia a...

— Não tem importância, Dunker. Compreendo que não quis me ofender.

— Disso pode estar certo! Eu nunca ofenderia Mão-de-Ferro! Asseguro-lhe que...

Interrompeu-se, ao ver a mão levantada de Winnetou, anunciando:

— Meus irmãos poderão continuar a conversa amanhã. Devemos descansar agora.

Sim. Havia chegado o momento em que o sono e o repouso nos era necessário. Os nijoras não haviam passado, como nós, várias noites sem dormir. Por isso Winnetou os encarregou da guarda, e nós pudemos dormir, ainda que eu não conseguisse de todo controlar minha ansiedade. Aqueles índios não havia muitas horas, nos haviam dado prova de sua ingenuidade e pouca experiência, permitindo que nós os surpreendêssemos.

Deve supor o leitor que os peles-vermelhas, como outros muitos povos primitivos, calculam as horas de noite pela posição das estrelas. Normalmente nunca se enganam, pois para eles resulta tão fácil consultar o céu como para as pessoas civilizadas consultarem seus relógios. Winnetou lhes havia ordenado que nos despertassem quando faltassem duas horas para o amanhecer, para que nós cavalgássemos no frescor do amanhecer.

Tínhamos que refazer em direção contrária tudo o que tínhamos caminhado, e isso aborrece a todo viajante. Tem-se a sensação de tempo perdido. Mas em nosso caso, devíamos mudar os planos o quanto fosse necessário para que tudo saísse a nosso favor.

Quando o alvorecer da manhã dissipava a escuridão da noite, já tínhamos percorrido mais de três milhas;

Winnetou seguia na frente, mas afrouxou o passo sensivelmente, ao apontar para a direita.

— Aqui está Águas Profundas. Não iremos mais longe, e esperaremos aqui os nijoras.

Will Dunker foi examinar o terreno de um lado, enquanto Emery fazia o mesmo do outro lado, buscando o melhor lugar para nossa espera, no caso dela ser prolongada, sendo assim mais cômoda, e principalmente, mais segura, evitando que alguém nos visse. Decidimo-nos pelo lugar que Dunker encontrou, mas não tivemos que permanecer ali muito tempo, felizmente.

Uma hora depois, um tropel de cavaleiros fez-se ouvir pelo sudoeste, aproximando-se os nijoras velozmente em seus valorosos cavalos. Eram justamente quem esperávamos, e com ar satisfeito e impassível, Winnetou disse aos índios daquela tribo que nos acompanhavam:

— Seus irmãos souberam cavalgar velozmente esta noite. Winnetou está satisfeito com o emissário que enviou.

Quando os cavaleiros nos viram, esporearam ainda mais suas montarias, aproximando-se como um torvelinho, e formando diante de nós uma longa linha, da qual um deles destacou-se:

— Sou Olho Perspicaz — apresentou-se a Winnetou.
— Irmão mais novo de Flecha Rápida.

Estendeu o braço, apontando seus homens, e dizendo:

— Ele me envia a meus famosos irmãos Winnetou e Mão-de-Ferro, com os cem guerreiros que solicitou.

Com a dignidade própria de um chefe apache, Winnetou disse:

— Olho Perspicaz é um valente guerreiro. Muito me agradaria fumar com meus irmãos o cachimbo da paz, mas falta-nos tempo para isto. Estão meus irmãos sabendo do que se passa?

— Sim. O emissário que nos enviou contou-nos tudo, transmitindo fielmente suas palavras. Logo prenderemos estes magalones!

Ao escutarem isto, os nijoras levantaram os braços armados, e gritaram com toda a força de seus pulmões.

Aquela era uma manifestação corrente entre os peles-vermelhas, raça que vive e ama a luta, sentindo ante a proximidade do combate que seu sangue quente arde e todo o seu corpo se excita. Olhando para eles, vendo-os dispostos a morrer, não pude deixar de fazer sérias reflexões.

Todos aqueles homens tinham um aspecto verdadeiramente guerreiro, sobretudo por conta de seu ar decidido e da bravura que se adivinhava em seus olhos. Estavam bem armados, e ao observá-los, senti que lutariam até vencer ou morrer.

Tudo aquilo era poderoso, e ao mesmo tempo, triste e trágico.

O espetáculo tinha força e colorido. Mas também anunciava, para qualquer observador, primitivismo e selvageria. Aqueles homens estavam cheios de vida, e a maioria ainda era jovem: muitos tinham família, mulher, filhos, pais...

E podiam perder tudo em um momento.

Uma bala mata em um instante.

Uma vida custa cerca de vinte anos para se formar, para cunhar um homem em seu todo.

Deixei estes pensamentos para mais tarde, pois nos pusemos em marcha. Além disso, estava interiormente convencido de que, tanto Winnetou quanto eu, tentaríamos evitar aquela batalha que poderia converter-se numa sangrenta carnificina.

Capítulo III

Os nijoras cavalgavam atrás de nós emparelhados dois a dois, uma tática seguida nas expedições guerreiras; deste modo, um cavalo pisa nas pegadas do outro, e o inimigo não consegue calcular o número de cavaleiros.

Só direi que, para poder calcular com exatidão em semelhantes casos, necessitava-se ter o infalível olho de Winnetou ou muitos anos de experiência em seguir e localizar pegadas. Em várias ocasiões tive a oportunidade de ver meu amigo apache demonstrar sua prática, decifrando as pegadas de mais de duzentos cavaleiros que haviam cavalgado como nós fazíamos então.

Já disse várias vezes que Winnetou sempre ia na frente em nossas cavalgadas, e acrescentarei que nesta ocasião o mesmo fato se repetiu.

Eu cavalgava à sua direita, e Olho Perspicaz, como chefe dos cem nijoras, o fazia à minha esquerda. Atrás de nós, imediatamente, vinham Emery e Will Dunker, que se mostrava alegre e falante como sempre. E como desejava inteirar-me de certos detalhes que eram importantes para nós, passado algum tempo, decidi entabular conversação com o irmão de Flecha Rápida, começando pelos habituais rodeios que os peles-vermelhas usam para iniciar a conversa:

— Meu irmão Winnetou saudou Olho Perspicaz chamando-o de valente guerreiro. Eu sei que todos os nijoras são valentes; por isso não duvido que vencerão os magalones. Mas gostaria de saber uma coisa.

— Meu irmão Mão-de-Ferro pode falar — consentiu.

— Olho Perspicaz e Flecha Rápida seguiram nossas instruções?

— Mão-de-Ferro e Winnetou são inteligentes, além de valentes. Por isso os nijoras aceitaram sua ajuda e seus conselhos.

— Quando os outros guerreiros chegarão à Plataforma do Barranco?

— Amanhã, antes que amanheça.

— Se fizerem assim, todos os seus inimigos cairão em suas mãos.

— Assim será.
— Bem... E que sorte espera os vencidos?
Sem modificar a expressão ou o tom de voz, sentenciou:
— Morrerão empalados.
Sorri levemente, não dando importância à sua sentença, e comentei:
— Meu irmão precisará de muitos paus. Teremos que nos haver com trezentos magalones, pelo menos.
— Os magalones declararam-se nossos inimigos. Merecem melhor sorte? Vivíamos em paz uns com os outros. Eles visitavam nossos acampamentos e nós éramos bem recebidos nos seus. E de repente, sem nenhum motivo, desenterraram o machado de guerra contra nós.
— Se fizerem como meu irmão diz, a Plataforma do Barranco poderá chamar-se Plataforma da Morte. A batalha que ocorrerá ali discutiremos com seu irmão Flecha Rápida, mas agora quero acertar com você um encontro que teremos antes disso. Chegarão a Águas Profundas cinqüenta guerreiros magalones, liderados por um homem branco e uma mulher que está acompanhada de alguns yumas. Nenhum deles são seus inimigos. Quer ajudar-me a fazê-los prisioneiros?
— Farei o que pede Mão-de-Ferro. Mas os magalones nos pertencem.
— Seja. Mas com a condição de que não os matarão, a não ser em legítima defesa. Eu serei o chefe. Fumei com seu irmão o cachimbo da amizade e ele os enviou até a mim atendendo meu pedido. Isso indica que tenho direito a sua obediência. E eu é quem direi o que fazer! Só assim cederei a você os cinqüenta guerreiros magalones.
O chefe nijora franziu a testa, cravando os olhos no chão para não ter que me olhar, mas não disse nada. Sabia que para ele era custoso aceitar minhas exigências, com as quais não estava de acordo. Seu desejo de justiça era muito distinto do meu.

— Por que meu irmão não me responde? — insisti, para saber o que ele pensava.

Fez um gesto, como se desejasse afastar alguma coisa inoportuna, para terminar dizendo com franqueza:

— Já que Mão-de-Ferro agiu lealmente com os nijoras, eu também serei sincero. Devo dizer que meu irmão me mandou obedecer a Winnetou e seu irmão cara-pálida.

— Se o fizer assim, asseguro que não irá se arrepender, e que hoje e amanhã terá dois brilhantes triunfos, mas sem necessidade de sacrificar vidas, inclusive a de seus guerreiros.

Nossa comitiva formava uma longa serpente e se movia rapidamente, marchando sem interrupção sobre um terreno pedregoso. Não havia ali nem um só fiapo de grama, e por isso, ao nos vermos diante de um bosque, fiquei espantado. O pequeno bosque era circular, e apontando naquela direção, o apache disse:

— Águas Profundas.

— É possível que esteja no meio de um bosque tão pequeno?

— Sim.

Nós nos aproximamos e, observando o terreno, tive que admitir, recordando o que havia falado com o apache:

— Com efeito, Winnetou. Segundo as aparências, este lugar não é mais que o resto de um antigo vulcão.

Capítulo IV

À frente da comitiva, nós nos aproximamos pela parte oriental, ainda que Winnetou, que conhecia o terreno, preferiu rodear o bosque pela parte sul, para não ser descoberto pelos magalones.

Era muito singular ver que as árvore que formavam

o bosque brotavam de repente fortes, altas e frondosas. Ali a vegetação era tão exuberante como na selva Amazônica.

Realmente surpreendente!

Quando nos aproximamos, vimos um caminho que se abria entre o arvoredo. Winnetou apeou, informando-nos:

— Esta abertura conduz a Águas Profundas. Nossos cavalos não podem passar por aqui, mas também não podemos deixá-los, porque denunciariam a nossa presença. Dez guerreiros nijoras se encarregarão de levá-los para o sul, longe o bastante para que se percam de vista.

Olho Perspicaz deu meia volta com seu cavalo e escolheu dez de seus homens, dando-lhes ordens precisas para que cumprissem esta missão. Já desmontados, o restante foi penetrando pela estreita abertura, surpreendendo-me cada vez mais com o interior daquele lugar que já havia achado estranho do exterior.

Nós nos encontrávamos diante de um pequeno lago de uns cinqüenta metros de diâmetro ou mais. As águas eram claras e transparentes como o cristal mais puro, e estas não chegavam até nossos pés, a não ser no centro, onde tinham a profundidade de uns dez ou doze metros. Ao redor do lago, o terreno formava um cinturão coberto de espessa grama e, elevando-se suavemente, igualmente atapetado de verde, unia-se às primeiras árvores do círculo inferior do bosque. Resumindo: parecia uma cova que estivesse cheia de água somente até a metade. Toda a grama, tanto a pendente, como a que estava na borda, estava pisoteada. Winnetou me chamou a atenção para isto, perguntando:

— Quem pisoteou esta grama?

— Creio que os guerreiros magalones que Vento Forte mandou. Quer dizer que agora nós os temos à frente e por trás. Os últimos vão cair em nosso poder aqui mesmo!

Fazendo cálculos, chegamos a estas conclusões: quando os cinqüenta magalones que acompanhavam Jonathan Melton chegassem, a primeira coisa que fariam seria dar de beber a seus cavalos. Para isso era preciso que entrassem pelo lago, até a parte onde a água era mais profunda. Uma vez estando ali, não podiam ver o que acontecia na borda superior, por estar esta muitos metros acima de suas cabeças. Se nos escondêssemos no bosque, e esperássemos até que baixassem para dar de beber a seus cavalos, não teríamos mais que avançar e apontar-lhes nossos rifles, para nos vermos donos da situação.

A resistência por sua parte só poderia ser aconselhada por um insensato. Por outro lado, eles eram cinqüenta, e nós eramos mais de cem; o que quer dizer que para cada um deles, correspondia dois disparos de nossos rifles.

Convencido de nossa grande vantagem sobre o inimigo, que não demoraria a chegar, pus-me a conversar com Olho Perspicaz e Winnetou, dizendo ao primeiro:

— Mande que seus homens formem um círculo ao redor da laguna. Logo, que cada um deles retroceda e se esconda no bosque, permanecendo ocultos até que cheguem os magalones, que baixarão com seus cavalos até a margem da água, para que eles matem a sede. Será quando eu sairei de entre as árvores e me adiantarei; mas seus guerreiros devem continuar em seus postos até que eu levante o braço. Tão logo vejam este sinal, devem avançar por sua vez e colocar-se na borda da depressão, formando um círculo e apontando suas armas para os inimigos que estão abaixo.

O irmão de Flecha Rápida me escutava atentamente, mas para assegurar-me de que havia compreendido, eu o adverti:

— Ordene a seus guerreiros que não disparem antes que eu e Winnetou o façamos. Está entendido? Unicamente poderão fazê-lo quando eu der a voz de fogo!

Parecia duvidar, e por isso insisti, mais severamente:

— Está ou não está de acordo comigo?

— Oh, naturalmente! Se Mão-de-Ferro assim o disse, está bem pensado. Será feito como disse!

— Outra coisa! Fica combinado que devemos respeitar a vida dos vencidos!

— Suas vidas e também suas coisas?

— Não. Tudo que levam pertence a vocês, inclusive seus amuletos.

Ao ouvir isto, vi como os olhos do índio brilharam. Para um índio, o amuleto é o objeto mais sagrado que pode possuir; ainda mais que o escalpo. Assim, quando um pele-vermelha perde seu "amuleto" fica no mesmo instante desqualificado por sua própria tribo, até que consiga conquistar o amuleto de um poderoso adversário.

Assim ficava explicada a alegria de Olho Perspicaz ao me escutar dizer que ele e seus guerreiros podiam apropriar-se dos amuletos de todos os magalones que fizéssemos prisioneiros.

Prontamente reuniu seus homens para transmitir-lhes as ordens, tal como havíamos combinado, fazendo-o não só com palavras, mas também com gestos enérgicos. Isto me tranqüilizou, pois vi que havia me compreendido.

Os nijoras não tardaram em estar cada um em seu posto, bem escondidos no bosque que rodeava a laguna, de forma que nem a vista mais penetrante poderia descobri-los.

Agora tínhamos só que esperar, e o que esperávamos era a boa sorte também!

A Emboscada Definitiva

Primeiro Capítulo

Estava observando a entrada do norte, quando divisei mais longe um robusto grupo de cavaleiros que se dirigiam diretamente ao pequeno bosque.

A distância ainda era demasiado grande para poder contar o número dos que avançavam, mas com os dados que já tínhamos e a julgar pelo que via, calculei que não seriam mais de cinqüenta.

Não havia dúvida que eram os magalones que conduziam Jonathan Melton.

Justamente quem esperávamos!

Penetrei no bosque, e fazendo um gesto com as mãos, gritei fortemente para que todos os que estavam escondidos pudessem me escutar:

— Já estão vindo! Que ninguém saia de seu posto, nem fale nada!

Winnetou e Emery, que ainda permaneciam entre as árvores, ao escutarem meus gritos, também desapareceram entre o matagal, como duas lebres que escapam. Will Dunker estava ao meu lado, e me disse:

— Vêem a um bom passo. Já posso vê-los perfeitamente. O homem branco e a mulher que o acompanha estão à frente. Que pressa para morrer, meu amigo!

Olhei-o severamente, recordando-lhe:

— Ninguém deve morrer aqui, se o pudermos evitar, senhor Dunker. Sei que ninguém aqui tem medo da luta, nem da morte, se o caso for este. Mas me agradaria saber que compartilha minha opinião. Uma gota de sangue humano derramada tem um alto significado para o cristianismo. E suponho que você pense o mesmo.

Endireitando-se, afirmou seriamente:

— Não o duvide! Também sou cristão!

— Eu acredito, mas não se esqueça disso. Uma matança inútil de índios magalones aqui, já pode calcular o que significaria. Durante anos e anos, quem sabe gerações e gerações, magalones e nijoras iriam se odiar mortalmente.

— Eu o compreendo. Tem toda a razão.

Sem mais palavras, nos metemos entre o matagal e as árvores, como os demais. De nosso refúgio não podíamos ser vistos, mas podíamos ver tudo o que se passava naquele amplo círculo que estava preparado para converter-se numa enorme ratoeira.

Os ruídos dos cascos dos cavalos se aproximavam. Eles pareciam confiantes, pois nem diminuíram o passo. Já estavam ali...

Por um momento o grupo deteve-se no exterior, porque a entrada era por demasiado estreita para dar passagem a todos de uma só vez. Assim, vimos entrar, um atrás do outro, os índios magalones e os yumas que haviam acompanhado Judith. Não tardaram em desmontar, como havíamos suposto à vista da água, que era uma tentação tanto para os cavaleiros como para suas fatigadas montarias, todos desejosos de refrescar-se. Os magalones puxaram os cavalos pela brida, descendo com os animais para aproximarem-se da água, não demorando para que ouvíssemos vozes ressoando na cova, e que chegavam claramente aos nossos ouvidos.

Jonathan Melton e sua companheira Judith foram os últimos a entrar, mesmo tendo vindo na frente da tropa. Ele desceu do cavalo e ajudou a mulher, perguntando-lhe solicitamente:

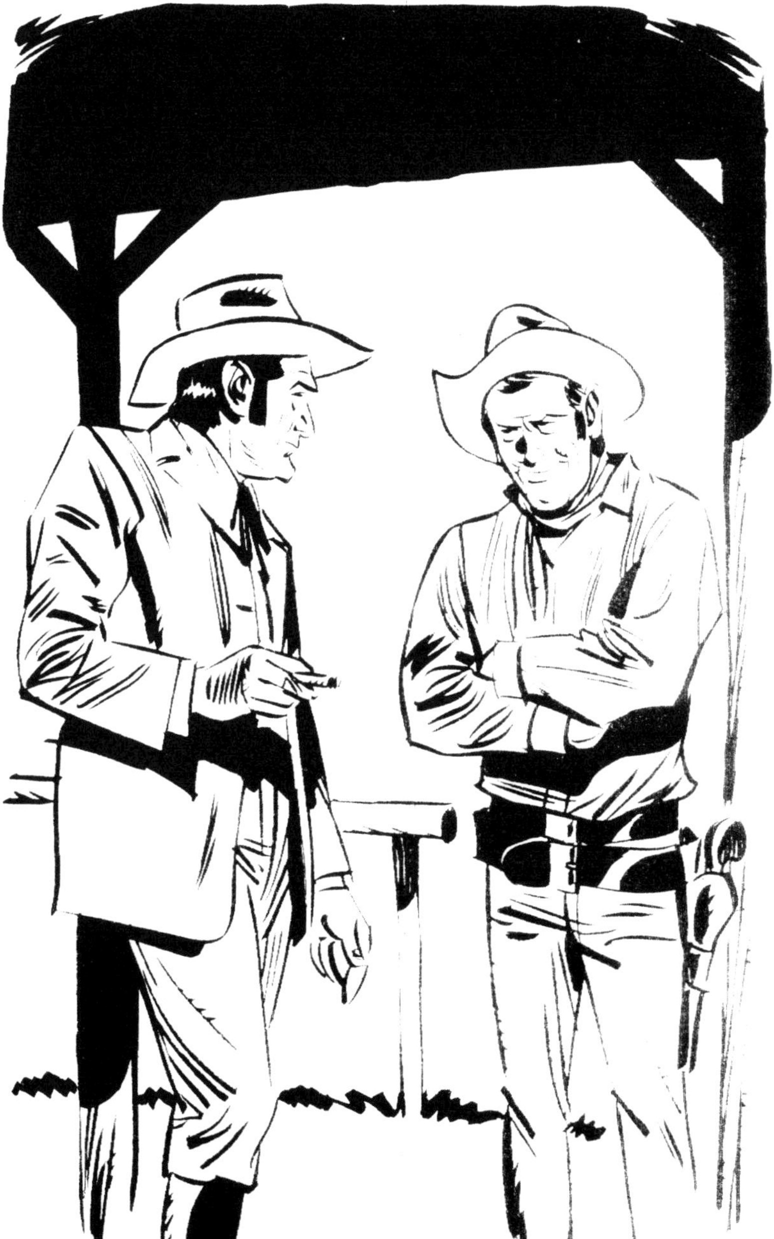

— Está cansada?

— Não muito. Sabe bem que sou forte e resisto ao que quer que seja!

— Fique aqui e eu levarei seu cavalo para que beba água. É preciso que fiquem saciados, pois não nos deteremos muito tempo aqui, e só voltarão a beber água quando chegarmos ao Manancial Sombrio.

Aquilo significava uma contrariedade para nós. Mas não podíamos evitar, e com os cavalos, Melton desceu até a laguna. Judith foi a única a ficar lá em cima. A água estava tão baixa que onde nós estávamos, não podíamos ver os homens que estavam na cova. Havia chegado o momento de agirmos, apesar da presença da mulher. Vacilar por um só momento podia ocasionar a perda da vitória tão esperada.

Saí quase rastejando do matagal, levando em uma das mãos meu rifle de repetição. Cheguei por trás de Judith e, levantando-me, sussurrei para que ela se voltasse:

— Bom dia, tigresa! Voltamos a nos encontrar!

Judith virou-se tão rapidamente, que quase perdeu o equilíbrio. Seus grandes olhos negros estavam arregalados, e ela quis gritar. Mas o próprio espanto sumiu com sua voz, e ela se quedou imóvel, fitando-me fixamente.

— O que aconteceu, Judith? Está me olhando como se me visse pela primeira vez. Tenho certeza que me reconhece. Não faz tanto tempo assim que nos vimos!

Ela então recuperou-se do susto, e com seu sangue frio habitual, disse com um cinismo descarado, sem ocultar seu ódio:

— Claro que me recordo do senhor! Acha que posso me esquecer facilmente de quem está sempre se intrometendo em minha vida? O que está fazendo aqui?

— Procurando você... e seu querido Jonathan!

— Pois não se preocupe, você o encontrará, estúpido! E ele não está exatamente sozinho!

— Já sei que não está sozinho. A senhora o acompanha.

— Ah, sim? — e apontou a cova, acrescentando: — Eu e cinqüenta guerreiros, que agora mesmo o despedaçarão.

Estava tão segura do que dizia, passado o medo e a surpresa do nosso inesperado encontro que, decidida, avançou para cima de mim, agarrando meu braço para que eu não fugisse. Mas o cano de meu rifle moveu-se rapidamente, e apoiando-o em seu corpo, a adverti:

— Cale-se, ou ficará muda para sempre!
— Oh!
— Dunker! — chamei a meia-voz.

No mesmo instante o guia apareceu por entre as árvores, perguntando:

— O que foi? Estou às suas ordens!
— Vigie esta "dama" para que ela não fique passeando por aqui.
— Será um prazer.

Will Dunker aproximou-se, tirando sua faca da cintura, e mostrando-a para Judith:

— A senhora está vendo esta faca? Pois eu cortarei as suas orelhas com ela se der um só passo. Um só! Entendeu? E Will Dunker sempre cumpre o prometido. Dou-lhe minha palavra!

Considerei que a prisioneira estava bem segura naquelas mãos e me afastei uns passos para levantar os braços. Neste instante os guerreiros nijoras saíram de detrás das árvores, arrastando-se pelo chão, em direção à borda da cova, deixando ver somente o cano de seus fuzis para aqueles que estavam lá embaixo.

E antes que um deles falasse, da cova nos chegou a voz irritada de Melton:

— Mil demônios! O que é isso? Olhem para cima, seus imbecis! Estamos rodeados de fuzis!

Uma gritaria fenomenal chegou até nós, voltando a sobressair a voz de Jonathan, que gritou ainda mais irritado:

— Quem está aí em cima?

O primeiro ato havia começado. Ninguém mais poderia deter o segundo e tudo o que viria.

Capítulo II

Não quis alongar mais a espera e, adiantando-me, apareci na borda com a devida precaução, anunciando:

— Saiba que aqui em cima estão cem fuzis bem carregados!

Ele então me reconheceu, e rugiu raivosamente:

— Mão-de-Ferro! Com mil diabos, só podia ser ele!

Nem terminou de blasfemar, pegou seu rifle, e veloz como um raio disparou. Eu havia visto seu gesto e tive tempo suficiente para retirar a cabeça. A bala perdeu-se no ar, sibilando sinistramente, e pondo-me de pé com rapidez, fui eu que apontei meu rifle para ele, ordenando imperiosamente:

— Jogue esta arma no chão, ou não terei piedade de um vil assassino como você!

Por estranho que pareça, não me obedeceu como eu esperava. Aquele homem não era nenhum covarde e, além disso, eu comecei a achar que ele estava louco.

— Solte a arma ou vou atirar! — repeti a ameaça. — Contarei até três! Um!... Dois!...

Finalmente ele soltou a arma, e pude prestar mais atenção nos peles-vermelhas que estavam junto à água, surpreendidos quando davam de beber a seus cavalos. Todos olhavam para cima, sem exceção, observando temerosos aqueles cem fuzis que estavam apontados para eles.

Não podiam duvidar que haviam caído numa armadilha. Em uma terrível emboscada que poderia resultar trágica para eles. Bastaria uma ordem e cem armas retumbariam na cova. Seus inimigos até podiam permitir-se ao luxo de falhar na metade de seus disparos. Os magalones encurralados eram cinqüenta, e os nijoras acima, cem.

Era preciso ficarem quietos. Bem quietos e obedecendo a tudo.

Eu sabia que os magalones que haviam levado Jonathan Melton até ali não me conheciam, mas não estranhei ao escutar os aterrados índios pronunciarem meu nome, porque os yumas de Judith me conheciam e, mesmo porque, Jonathan havia dito meu nome ao me reconhecer.

— É Mão-de-Ferro! Mão-de-Ferro! — eu os ouvia dizer.

— Sim! — gritei da borda. — Sou Mão-de-Ferro e aqui também está Winnetou, o grande chefe de todos os apaches!

Ao escutar isso, meu amigo pele-vermelha apareceu na borda, notando que, pelos murmúrios que vinham de lá de baixo, sua figura alta e musculosa os havia impressionado profundamente. Por uma e outra parte do círculo de armas que os rodeavam, apareceram também Emery e os nijoras que há alguns dias nos acompanhavam. A cada nova aparição de um inimigo, os magalones convenciam-se de que não havia modo de tentar resistir.

Depois de um silêncio impressionante, a voz de Winnetou soou imperiosa:

— Os magalones devem jogar seus fuzis e facas no chão. Aquele que não obedecer cairá morto, no ato! Cada um de vocês está sendo vigiado por dois dos meus!

Com lentidão e angústia, mas sem deixar de fazê-lo, todos os magalones foram obedecendo, e Emery começou a descer até a laguna, empunhando seus revólveres como o mais autêntico e famoso dos pistoleiros do bravo Oeste. Quando lá chegou, sempre apontando suas armas, ordenou:

— Atrás! Coloquem-se em fila indiana! Rápido! Rápido! Movam-se, preguiçosos! Parecem tartarugas assustadas!

Um a um foram subindo, deixando na laguna seus cavalos, facilitando-nos assim o trabalho de amarrá-los, operação que se levou a cabo com mais rapidez do que eu havia pensado. Cada magalone era amarrado pelas pernas e braços com seu próprio laço, passando depois para outro grupo de nossos homens, que cuidavam de fazê-los deitarem-se no chão.

Melton quis ter a honra discutível de ser o último a subir, lançando olhares furiosos ao chegar em cima, como quem ainda espera encontrar uma saída para escapar de sua má sorte. Mas era inútil, e ao compreendê-lo, voltou a descer velozmente para a água, seguido dos gritos de Judith que, contida por Will Dunker, o avisou:

— Aonde vai? Não vê que eles o matarão? Entregue-se, Jonathan. Já não há salvação!

Não havia, realmente. Melton parou diante da laguna, olhando para a água. E então voltou a cabeça, perguntando-me:

— O que vão fazer comigo?

— Entregá-lo à polícia, que arde de desejos de tê-lo em seu poder.

— O que farão com meu pai?

— Também será entregue à polícia! Vocês dois têm muitas contas pendentes com a justiça!

— Maldito seja mil vezes! — gritou-me, no cúmulo de seu tresloucado desespero.

— Renda-se, Jonathan. Judith mesmo já lhe disse que tudo que tentar será inútil. Ou pensa em lançar-se na água?

Disse isto ao ver que ele continuava adentrando pela laguna, sem deixar de blasfemar.

Então ele arrancou a maleta que pendia em seu ombro e, diante de todos, colocando uma enorme pedra dentro dela, atirou-a com todas as suas forças no centro da laguna, soltando então uma horripilante gargalhada.

A grande maleta afundou na água no mesmo instante...

Capítulo III

Ao ver o que Melton havia feito, Judith pôs-se a gritar e, soltando-se de Dunker, levou as mãos à cabeça:

— Imbecil! O que foi que fez? Perdido! Tudo perdido para sempre!

Antes que o explorador pudesse voltar a segurá-la, com uma fúria vingadora ela desceu até a laguna, onde estava Jonathan, gritando-lhe furiosamente:

— Covarde! Mil vezes covarde e traidor! Essa fortuna também era minha!

Melton não parava de rir histericamente, aumentando a cólera da mulher, que correu até ele, repetindo:

— Covarde imundo! Havia me prometido a metade! Por que jogou fora esta maleta? Acha que eu seria sua esposa se você não tivesse dinheiro, seu estúpido grosseiro?

Quando ela chegou diante dele, colocou as mãos em seus ombros, sacudindo-o com força. Mas o homem a afastou bruscamente, exclamando:

— Afaste-se, serpente! Não me suje com suas mãos! Você é a causa da minha ruína!

— Eu? Eu? Judas! Traidor! Covarde! Alegro-me muito! — gritava, cada vez com mais força, aquela mulher diabólica. — Alegro-me que lhe tenham capturado! E eu incentivarei seu carrasco!

Aquele era um espetáculo triste, mas que não podíamos evitar. Era melhor que nós não interrompêssemos aquela terrível disputa. Era melhor deixar que eles despejassem toda sua ira e maldade até que, por fim, cansados, fatigados, decidissem subir para entregar-se a seu destino.

Mas ao ouvir sobre o carrasco, Melton desesperou-se ainda mais, agarrou Judith pelos ombros e a rodou com força, gritando ainda mais enfurecido e enlouquecido:

— Víbora! Atreve-se a falar em um carrasco? Deseja a minha morte? Vá para o inferno, mulher de Satanás! Volte para o lugar de onde saiu!

Com todas as forças, Melton atirou-a na água, enquanto Judith gritava apavorada. Ao ver isto, corri velozmente até onde eles estavam. Ignorava se Judith sabia nadar, e aquela laguna era muito perigosa. Mas por mais assombroso que isso possa parecer, Winnetou me passou velozmente, lançando-se na água para pouco depois ganhar a margem da laguna com a mulher.

Emery e alguns nijoras nos haviam seguido. Encarregamo-nos de Judith, sem fazer caso de Melton, que ria e ria, como se tivesse perdido a razão. Lancei-lhe um olhar depreciativo, por aquela nova tentativa de assassinato, e ao fixar os olhos em mim, comentou:

— Não me seguiu por todo o Oeste para recuperar esta fortuna? Pois aí a tem! Pode enfiar-se na água e começar a procurar. Tomara que chegue ao centro da terra e de lá não consiga sair.

Sua atitude era tão odiosa, que me limitei a me afastar dele para não ter o desprazer de seu contato. Com um gesto indiquei a Emery que se aproximasse e surdamente lhe disse:

— Encarregue-se dele, Emery! E dê-lhe um tiro se não obedecer!

— Encantado! — respondeu o inglês, sacando novamente seus revólveres.

Judith jazia na borda da laguna, desmaiada. Os breves momentos em que permaneceu na água podiam ter causado sua morte, já que estava se afogando quando Winnetou a resgatou. Tomei seu pulso, que batia lenta e debilmente, mas com perfeita regularidade. Vivia, e eu não tinha já porque ocupar-me daquela mulher que, no fundo, apesar de sua juventude e beleza, era tão ruim como seu companheiro de maldades, que agora tinha tentado matá-la.

Era preciso preocupar-se com outras coisas que ainda estavam pendentes. Por exemplo, notificar aos guerreiros de Flecha Rápida que os magalones de Melton já estavam em nosso poder.

Olho Perspicaz escolheu um emissário, e eu recomendei-lhe que tivesse enorme cuidado para não ser visto. Sabíamos que Vento Forte encaminhava-se com seus guerreiros para o Manancial Sombrio, e nosso enviado, forçosamente, tinha que passar pelo mesmo lugar. Devia tomar cuidado para não deixar pegadas visíveis, para não despertar a suspeita de nossos inimigos.

Outra coisa que me interessava era saber se os magalones levavam com eles os dois prisioneiros, Maria e Murphy, ou se os haviam deixado em seu acampamento de Rochas Brancas. A única forma de saber isso era estudar a pista que iam deixando ao passarem. Perto da água, nada se podia observar naquela confusão de pegadas no solo tão pisoteado.

Por isso, acompanhado de Winnetou, decidi examinar os arredores do bosque. E, com efeito, na parte ocidental encontramos os sulcos da roda da carruagem que devia levar Maria e o advogado até Nova Orleães. Isto nos fez pensar que os guerreiros que seguiam Vento Forte estavam tão convencidos de sua vitória contra os nijoras, que não viam inconveniente algum em levar com eles a cantora e o advogado.

— Winnetou acha que eles passarão a noite no Manancial Sombrio? — perguntei ao apache, depois de termos examinado aquelas pegadas.

— É o mais lógico.

— Seria conveniente vigiá-los.

— Sim, mas só poderemos fazer isso, com segurança, durante a noite.

— Eu farei assim. Mas prefiro ir até lá enquanto ainda é dia. Meu irmão me seguirá mais tarde, procurando chegar quando já estiver escuro.

— E onde nos encontraremos?

Meu fiel amigo parecia em dúvida, e pousando a mão em meu ombro, mudou de opinião, anunciando-me:

— Será melhor que eu vá agora.

— Por que sempre toma a si o maior perigo?

— Faço isso porque conheço o terreno melhor que meu irmão. Quando chegar a noite, eu lhe esperarei lá. O piado de uma coruja será o sinal.

— De acordo. Tem razão. E eu lhe desejo boa sorte.

Winnetou, montando em seu cavalo com um ágil salto, afastou-se em direção ao sul. Enquanto eu o via afastar-se, disse a mim mesmo que não poderia ter enviado melhor espião ao acampamento dos magalones.

Posto que nos víamos obrigados a passarmos ali várias horas, me propus a passar o tempo da melhor forma possível. Comecei por tomar um bom banho na laguna, tendo a emoção de estar me banhando num local que há muitos séculos atrás devia ser um vulcão. A água estava fria e compreendi porque Judith, por causa do medo e do choque, havia desmaiado.

Depois de nadar um pouco, dirigi-me até onde estavam os demais.

Judith havia se recuperado totalmente, de tal forma que Emery teve que amarrá-la, ao ver as intenções assassinas que ela alimentava contra Melton.

Repreendi Emery, por tê-los deixado juntos.

— Deixe que se peguem! É tudo que podem fazer.

— Mas se ficarem juntos, podem tramar uma fuga.

— Não há meio, depois do sucedido. Não há a menor possibilidade deles fugirem juntos. Eles são iguais! Não creio que sintam ternura nem amizade um pelo outro.

Fixei-me nos grandes olhos negros de Judith e vi neles o ódio refletido, enquanto ela observava Melton. Estavam longe e eu não podia escutar o que eles diziam, mas a julgar por suas expressões, não devia ser nada agradável.

Para eles, a hora da censura havia chegado.
E a do seu fracasso total também!

Capítulo IV

Aproveitei com gosto aquelas horas para dormir, tendo em conta que a próxima noite não seria exatamente de descanso. Quando despertei, ao pôr-do-sol, um dos nijoras que vigiava os presos aproximou-se, dizendo que os prisioneiros queriam falar comigo.

Ao aproximar-me, a judia saudou-me com estas palavras, cheias de desprezo:

— Por que me colocaram junto com este canalha? Quero que me tirem daqui! Fico irritada por estar ao lado deste covarde! Nunca o perdoarei por ter atirado toda a fortuna na água!

Decidi debochar de sua cólera, dizendo:

— É curioso! Antes não falava assim! Parecia "gostar" muito dele!

— Não faça piadas! Isso é tripudiar sobre os vencidos, o que não é uma atitude nem um pouco cristã! E ao que me consta, o senhor se vangloria de ser extremamente religioso.

— Eu não me vanglorio de nada, minha senhora. Além do mais, saiba que a senhora é capaz de esgotar a paciência de qualquer pessoa.

— E o que sabe o senhor sobre o fato de eu ter amado ou não este imbecil aqui do lado?

— Bem, ontem a noite a senhora o mimou bastante quando o recebeu no manancial da Montanha da Serpente. Aliás, seus yumas construíram uma boa cabana para a senhora!

A judia compreendeu então que a havíamos espionado, e tentou levantar-se bruscamente, caindo novamente ao chão:

— Esteve nos escutando?

— Sim, e foi muito interessante, acredite-me. Seu amado disse estar vindo com um bom número de magalones, disposto a nos matar. Já pode ver que o resultado foi bem diverso disso!

Melton enfureceu-se ainda mais com a mulher, ao saber que a imprudência dela era a causa de sua desventura. Cheio de fúria, começou a soltar uma série de terríveis insultos, e ao final me disse:

— Vocês tiveram sorte por causa desta mulher horrível. Mas o que buscavam, jamais terão. O dinheiro agora está no fundo deste lago!

— Está novamente enganado! O dinheiro está comigo — disse, batendo no bolso.

Ambos me olharam com surpresa e incredulidade, para terminarem dando de ombros, o que me obrigou a dizer:

— Não acreditam?

— Não diga idiotices, homem! Seu triunfo o faz delirar!

Sem mais comentários, tirei a carteira do bolso, limitando-me a perguntar-lhe:

— Conhece esta carteira?

Melton mudou de cor, para soltar por fim sua exclamação favorita:

— Mil raios! Não! Não pode ser! Minha carteira! Meus milhões! Como é possível que este dinheiro esteja em suas mãos?

— Mas se você mesmo o está vendo aqui, Melton!

— Maldito seja mil vezes! Você é mesmo o diabo!

Judith uniu seus gritos e insultos aos de Melton, fazendo tal escândalo e alvoroço que, cansado de escutá-los, afastei-me dali. Não tinha necessidade de irritar-me, perdendo mais tempo com aquelas pessoas.

O caso assim dava-se por encerrado. Aquele dinheiro iria parar nas mãos de Maria e Franz Vogel, legítimos herdeiros do velho Hunter, enquanto Jonathan e

Thomas Melton, assim como Judith, compareceriam diante dos juízes, que iriam julgar todos os seus delitos.

Claro que, para dar por encerrada de uma forma cabal aquela aventura, antes era preciso solucionar várias coisas. A primeira de todas era resgatar Maria e Murphy da garra dos magalones comandados por Vento Forte. A segunda, pedir aos nijoras de Flecha Rápida que me devolvessem o prisioneiro que lhes havia confiado, assim como Franz, que havia ficado com eles.

Também estava pendente aquela grande batalha entre as duas tribos rivais, que ameaçavam exterminar-se. Todos nós queríamos evitar isso, mas o apache e eu éramos os mais vinculados ao Oeste, e os que mais se importavam com a ameaça daquelas tribos promoverem um derramamento de sangue inútil.

Por tristes e amargas experiências, sabíamos o que uma coisa assim poderia significar: anos recheados de mortes, ódio e destruição...

Sim, nosso dever era solucionar aquele problema, ao preço que fosse. Sempre pensei que um homem honrado não deve enganar a si próprio. Por isso não podia pegar os meus prisioneiros e partir para o primeiro posto civilizado, enganando-me ao pensar que esta batalha não me importava, ou já estava solucionada.

Havia atravessado meio Oeste, sempre seguindo as pegadas de Jonathan Melton. Tudo o que passamos com o fim de conseguir o que nos propúnhamos, considerávamos justo.

O prêmio havia sido a captura, afinal, do maior culpado e sua formosa cúmplice. A fortuna de Maria e Franz Vogel havia sido recuperada. Podíamos sentir-nos satisfeitos e cantar nosso triunfo.

Mas para ser franco e leal comigo mesmo, sabia que não poderia cantar plena vitória até que visse solucionados estes outros problemas.

Por isso tornei a montar em meu cavalo, depois de dar as últimas instruções a Emery e a Will Dunker, e saudar ao chefe nijora, Olho Perspicaz, dizendo-lhe ao me despedir:

— Estou certo de que todos os prisioneiros que ficam aqui estão em boas mãos. Sobretudo o homem branco e a mulher, devem ser bem vigiados. Eu agora tenho que ir encontrar-me com Winnetou. Mas nos veremos logo.

— Quero que meu irmão Mão-de-Ferro leve um dos meus guerreiros, que poderá utilizar como emissário para que nos informe onde essa grande batalha terá lugar. Aceita?

— Aceito e agradeço, Olho Perspicaz — disse-lhe com sinceridade.

Apertei a mão de meu bom amigo sir Emery Bothwell, confiando que em breve tornaríamos a nos ver, fazendo o mesmo com o simpático explorador Will Dunker, que sorrindo me disse:

— Foi uma grande honra para mim conhecer pessoalmente ao famoso Mão-de-Ferro! Já sabe que aqui está um amigo para todo o sempre!

— Obrigado, senhor Dunker! Eu digo o mesmo!

Minutos depois, acompanhado pelo guerreiro nijora que o irmão de Flecha Rápida me havia oferecido, afastava-me daquele lugar que havia sido tão funesto para aqueles dois culpados: Jonathan Melton e Judith.

Tinha pressa em reunir-me com Winnetou, na hora em que ele havia combinado. Para nossa sorte, os cavalos eram excelentes.

Nos adentramos pela noite, cavalgando em busca de outra nova aventura.

Uma aventura que terminará no próximo volume!

Este livro ATRAVÉS DO OESTE de Karl May é o volume número 5 da "Coleção Karl May" tradução de Carolina Andrade. Impresso na Editora Gráfica Líthera Maciel Ltda, à Rua Simão Antônio, 1.070 - Contagem, para Villa Rica Editoras Reunidas Ltda, à Rua São Geraldo, 53 - Belo Horizonte. No catálogo geral leva o número 2058/8B.